カバー絵・口絵・本文イラスト■明神《みょうじん》　翼《つばさ》

英国聖夜

あすま理彩

この物語はフィクションであり、実在の人物・団体・事件等とは、いっさい関係ありません。

CONTENTS

英国聖夜

女王陛下の国、イギリス――。一年で、最も華やかに街が彩られるクリスマスシーズン。

ボンドストリートの宝石店も、いつもよりさらに高級感溢《あふ》れる宝石が並べられ、ピカデリーサーカスに軒を連ねる店も、それぞれの個性を発揮するかのようなディスプレイがなされ、道を歩く人の目を楽しませている。

石畳の街並みを歩くのはマフラーをしても凍《こご》えるほどだけれど、それでも独特のクリスマスの雰囲気に心浮き立つような気分になる。胸はほんのり温かい。

そのうちの一軒の店の前で、僕は足を止めた。

美しく飾られたショーウィンドウの中央に、威厳や気品を漂わせる壮麗さで、一組のティーカップが鎮座《ちんざ》している。

(綺麗《きれい》……)

僕はほぅ…っと溜息をつく。僕は香乃菜生《こうのなお》、二十四歳。病気の祖父が心配で、英国に赴任して間もなく二年になる。

慣れない生活や他人からの誤解に傷つき、困難な壁に突き当たる度、ある人に助けられた。

今はその人のために、紅茶の会社で、紅茶の取引やデパートに卸《おろ》す営業の仕事をしている。

その人はエドワード・ローレンス。公爵という身分にありながら驕《おご》ったところがなく、思いやりに溢れ、多くの人の幸せを考えられる人で、そして…誰よりもハンサムで優しくて、見惚《みほ》れるほどに格好よくて。

包み込むような穏やかな優しさと激しい情熱を僕に与える。

僕の大切な……。

彼に触れられた感触を思い出し、じんと熱くなりそうな身体に慌てて、意識を目の前のウィンドウに戻す。

そこには、作り手の優しさを感じさせるような、柔らかな色合いを放つカップがある。

ロイヤル・クロフォード――、十八世紀に創立された伝統を持ち、高い評価を得ているテーブルウェアの名品だ。

高級で高価で芸術的なカップはたくさんあるけれど、何より僕が惹《ひ》かれるのは、このカップを使った時の感触だ。掌《てのひら》にしっとりと馴染み、口をつける部分は滑《なめ》らかで、使う人のことを誰よりも考えている人が作ったカップなんじゃないかなって思う。

乳白色のボーンチャイナは温かみのある色で、薔薇《ばら》の模様と柔らかく溶け合う。ブーケの絵柄は作り手の気持ちが伝わってくるような繊細さで、まるで心の花束を描き出したよう。見ているだけで幸せになれるだけではなく、きっと使い手が使い込むほどに、優しい感情で満たしてくれる……。

美味《おい》しい紅茶を届けるという僕の仕事、お茶を注いだ時の柔らかい香りや、口に含んだ時の馥《ふく》郁《いく》とした甘みは、胸を温かくする。

一日の始まりや、昼下がりの大切な友人たちとの語らい、一日の疲れを癒したい時、そんな時に紅茶を口に含んだ人たちを、幸せな感情で満たすことができたなら。

そして今の僕の夢。

それは……。

ウィンドウ越しに、優美で気品漂うティーカップを見つめる。

僕の働くロイヤル・グレイ社は、品質のいい紅茶だけではなく、紅茶を淹《い》れるための用具や、銀食器、リネンなども扱っている。営業の仕事として、どの紅茶にどんなお菓子が合うのか、淹れ方や飲み方、そしてどんなカップがもてなしの場面場面で相応《ふさわ》しいのか、総合的なアドバイスを求められることがある。

その中で、ロイヤル・グレイ社が最近特に力を入れ始めているのが、テーブルウエアの部門だ。食器洗い機という利便化された状況に加えて、お茶をのんびり楽しむ時間を得られないような不況という世情…収益に伸び悩むテーブルウエアの業界から懇願され、ロイヤル・グレイ社でも取り扱いの協力を求められている。

ティータイムを彩る銀色に輝くカトラリー、クリスタルのグラス、そして、何より華麗な食器のシリーズ。

丁寧に淹れた美味しい紅茶、僕がずっと憧れ続けて今携わることのできた、幻とも言われる紅茶「イングリッシュ・ローズ」、それに合うカップはもしかしたら、今見ているこんなものかもしれない……。

もちろん、会社で僕が休憩時間に紅茶を飲むような時は、手軽なマグカップであることが多いけれど、大切な人とお茶を飲む大切な時間を、特別に演出したいそんな一時《ひととき》も、届けたいから。

そんな時に、これを。

ロイヤル・グレイ社で取り扱うことができたなら。

夢は広がる。

この国に来て、エドワードのそばで、僕は色々な夢を描くことができる。

それはとても楽しくて、胸が温かくなる、素敵な夢。


「遅かったな、菜生」

「すみませ、…ん…っ」

金曜の夜、エドワードの城に到着するなり、エドワードが僕を抱き締める。そして与えられるキスはすぐに深くなる。

「ん、んん…っ、んっ、ん…っ」

(あ……っ、エドワードの掌、が…)

背の窪みをなぞり、下に下りていく。

「んっ」

肌を愛撫されながらの、口づけ。

舌と口唇が痺《しび》れるような、深くて甘い、情熱的なキス。

「もっと口を開けなさい。…そうだ」

エドワードに命じられると、僕は動けなくなってしまう。

薄く開けた口唇の中に、もっと奥までエドワードの舌が入り込む。

（エドワード…っ、あ、あ、ん…っ）

口唇を合わせれば、僕の全身が熱くなる。口唇を吸われ、逃げようとする僕の舌を、エドワードが追いかける。

逃げることを許されず、舌を絡められ、同時に下肢が重なる。

「ん……っ」

僕は瞳をしっかりと閉じて、眉を寄せながら、彼の情熱的な口づけを受け入れ続ける。

肌をまさぐられ、愛撫を受けながらの官能的な口づけに、僕のこめかみにしっとりと汗が浮かぶ。

会うなりこんな、息つく暇もないキスをされるなんて。

口腔《こうこう》をさんざん愛撫した後、エドワードはやっと僕を開放する。

「会ったばかりなのに…」

息を軽く喘がせながら、責めるように口唇を尖《とが》らせると、逆にエドワードに詰《なじ》られてしまう。

「先週、私の許に来なかった罰だ。最近の君は週末に出張だと言って来られないこともあるからね」

口唇が離れると、エドワードが甘く睨《にら》む。

「…すみません……」

瞳がすっかり、潤んでいるのが分かる。キスだけで、身体の芯がじん、と痺れている。

「今日はたっぷりと君を愛してあげよう。覚悟していなさい」

息がまだ整っていない身体に淫靡《いんび》な誘いを囁かれ、頬がぼう…っと熱くなる。

上気した熱が、頭にまで伝わって、身体中が痺れるようだ。

なのに、膝から力が抜けそうな僕とは対照的に、エドワードは涼しげな表情をしていた。

誰よりも整った、凄絶なハンサム。

知的でクールな、紳士の中の紳士。

彼の頼もしい掌、整った口唇、それが今まで僕に重なっていたなんて。

今でも信じられない。

彼が僕の恋人だということが。

ニヒルにも見える冷たそうな口唇は、ベッドの中では、僕の身体中に落とされる。

クールな印象の眼鏡《めがね》も、僕を寝室で抱き締める時は外されて、誰より情熱的に僕を見つめる。

こんな紳士的な人が、ベッドであんなに情熱的に求めるなんて、誰が想像できるだろうか。

「今夜は朝まで寝られないと思いなさい、菜生」

「そ、それは…っ」

僕の身体が軽く震えた。

その言葉は嘘ではないと、先日証明されている。…僕の身体に。

「週末しか君には会えないからね。なのにそれすら会えないような、つれない真似をする君が悪いんだよ、菜生」

最近の僕は、やっと仕事でも認められるようになり、週末ごとの出張も増えてきている。

元々、独りぼっちの祖父のためにこの国に来たから、今も平日は祖父の家で一緒に暮らしている。

それはエドワードも理解してくれていて、祖父を心配する僕のために、祖父を独りぼっちにしないように配慮してくれているみたいだけれど、その分、週に一度しか愛し合えないせいで、週末は僕のことを、片時も離そうとはしない。

お陰で、月曜の朝は足ががくがくして動けないほどだ。

「エドワード様。菜生様はお疲れなのでは」

その声に、僕ははっとなる。

ローレンス家の執事、ヒューだ。

僕が訪れるといつも、エドワードはエントランスホールで僕を出迎えてくれる。でも、客をこの場所で出迎えるのは本来、執事の役目だ。

(ヒューさんがいるのに)

ホールで深いキスを仕掛けられ、長いキスを交わしていたことに気づき、僕の頬がまた赤くなる。

深い口づけを続け、なかなかダイニングルームに足を向けない僕たちを、ヒューがたしなめる。口づけを執事に見られていたというのに、エドワードはまったく気にした様子がない。

「菜生が来る週末は、料理長がいつも以上に腕をふるうからね」

「楽しみです」

ふわりと僕は笑った。笑顔を向ける僕の腰に、エドワードの腕が回る。

恥ずかしいけれど、その腕を振り払うことなんてできない。

週末だけの貴重な時間。会えて嬉しいのは、僕も同じだから。

少しでも一緒にいられる時間を、大切にしたい。

「ヒュー、彼を」

「かしこまりました」

エントランスホールを抜けると、あとを影のようについてきたヒューに託される。

エドワードの腕が離れていく。

わずかな時間だけれど、それでも、彼の体温が離れていくのが寂しい…なんて思ってしまった。

今から長い夜をずっと、愛し合うことができるのに。

「今日のお召し物はこちらでございます」

「いつもありがとうございます」

たまに庶民な僕が戸惑ってしまう、公爵家の習慣。

「エドワード様は菜生様がお美しいので、仕立てさせるのを楽しんでいらっしゃるようです」

「美しいなんて、そんなことはないと思うんですけど」

身体にぴったり合ったスーツや、センスのいいネクタイ、そんなものが一揃い用意されている。

食事をする前に、用意されたスーツに着替え、身支度を整えるとダイニングルームに向かう。

ダイニングルームでは、エドワードが待っていた。

僕の目が釘付けになる。

彼も、ブラックの別の三つ揃いに着替えている。

(なんて…格好いいんだろう……)

今日はパールのピンとカフスだ。ジャケットに皺《しわ》は一つもなく、長身でスタイルが抜群にいいからこそ、スーツ姿が身惚れるほどに絵になる。

エドワードを見つめると同時に、エドワードの視線も熱く僕に注がれている。

「いつも、…ありがとうございます。こんなふうにして頂いて」

「相変わらず美しいな、君は」

僕の言葉にかぶせるように彼が賛辞をくれる。臆面《おくめん》もなく告げられる台詞《せりふ》に、僕はいたたまれない。

公爵であるエドワード自ら、僕のために椅子を引く。

テーブルに着くと、給仕長がさっと、僕のグラスに薔薇色のシャンパンを注いでくれる。

グラスの中を、細かい泡が立ち上る。

(なんて綺麗なんだろう)

液体を注がれたクリスタルのグラスが輝く様は、それ自身が輝く宝石のよう。

繊細なレースのクロスの上に、個性的なシェイプのプレートが並ぶ。

金彩《きんだみ》の施されたプレートはこれみよがしな華美さはなく、気品に溢れている。卓越した技術を持った職人しか描けない密度の高い絵付けは、普段使いにするのがもったいないほどだ。

けれど公爵家は、日常的にこういうものを使用している。

芸術品と呼ぶのに相応しいこんな作品が、テーブルの上にある。

プレートと、アクセントに銀の食器やカトラリーが並べられていて、シャンデリアの光を受けて輝く。

それら自身が光を放っているかのような錯覚を覚えるほどに美しい。

まるで、夢のような世界が、目の前に広がっている。

ぼう…っと見ている僕のプレートの上に、給仕長が次々に料理を運んでくる。

「お肉のローストも、ポムフリッツも、トレビスのサラダも、すごく美味しいです」

「そうか。そう伝えておこう。私はあまり言葉を尽くして伝えるほうではないのでね。君が喜ぶのを見るのが、料理長は何より嬉しいらしい」

「僕からも後で、お礼を言わせて下さい」

君は反応が素直で可愛らしすぎるから、他の男の前ではあまりそういう可愛らしい真似をしないように、そうエドワードが付け加える。

週末しか訪れることができない僕に、料理長が用意してくれるのは完璧なフルコースだ。

心をこめて作ってくれた料理をより一層美味しく見せるのは、まばゆいばかりの輝きを放つ、プレートの数々かもしれない。

まるで…夢を見ているような華麗な世界。

銀のカトラリーも、繊細な金細工と絵が施されたプレートも、職人たちが長年にわたって引き継いできたすべての歴史をその中に呑み込んでいる。

彼と出会ってから、僕はこの英国という地で、様々な歴史と新しい世界を知った。

「この紅茶は…」

「そう、ブロッサム・フレグランスだ」

言われて少し、照れ臭くなる。

それは、エドワードが僕のために作ってくれた紅茶だから。

僕の名前のつけられた紅茶が、デザートのフルーツのパブロヴァとともに運ばれる。

優美な雰囲気を湛《たた》えたティーカップは、エドワードの作り出す紅茶と、見事に調和している。

「この食器は…？」

「ロイヤル・クロフォードのものだ」

やっぱり！

カップに口をつけて分かった。口あたりが滑らかで、使う人のことを誰よりも考えて作られたカップ。

華美な柄《がら》や技巧だけに走るのではなく、ぬくもりを感じる。

そんな最高の職人の仕事を、僕も大切にしたい。

そして、エドワードの紅茶を、より一層楽しむための演出のお手伝いをしたい。

お茶を飲んで楽しむ、幸せな時間を少しでも多くの人に届けたいから。

「どうした？　菜生」

動きを止めてカップを見つめる僕に、エドワードが訊《たず》ねる。

僕は思い切って口を開いた。

今、僕が携《たずさ》わっている大切な仕事のこと。

「今、ロイヤル・グレイ社ではテーブルウエアの部門にも力を入れ始めているでしょう？　実は、ロイヤル・グレイ社の紅茶とともに、ロイヤル・クロフォードのティーカップを、扱えないかと考えているんです」

「ふうん?」

エドワードの片眉が上がる。少し、エドワードは考え込む様子を見せる。

「なぜ?」

「それは……」

僕はティーカップをテーブルの上に置いた。

ローレンス公爵家でも、ロイヤル・クロフォードの食器が最も多くダイニングテーブルに並んでいることに、僕は気づいた。

「持った時にぬくもりを感じるというか。芸術的で美しい作品はいっぱいあるけれど、こんなふうに、使い手のことを考えて作られたカップは、あまりないんじゃないかって思うんです。もちろん、ロイヤル・クロフォードのカップ自体、芸術品として最高の評価を受けています。なかなか、直営店舗以外の場所で、販売をさせてもらえないことも分かっています」

つい、僕の言葉に熱がこもる。

「最近、新作のシリーズを発表していないこともあって、今、世界中の人間が、ロイヤル・クロフォード社の新作を待ち望んでいます。もし、新作のティーカップをロイヤル・グレイ社で扱うことができたなら、きっと、両社にとってプラスになるんじゃないかと思って」

そう、これが僕が最近、週末になかなかエドワードに会えない理由。

僕が力を入れている仕事。末端の社員の僕がやるような仕事を、エドワードは知らないと思うけれど。

エドワードは僕に、僕の名前をつけた紅茶や、そして大切な胸が温かくなる時間をくれる。だから。

僕も少しでも、エドワードのために何かできたなら。

それが、エドワードへの僕の考えたクリスマスプレゼント。

「ずい分、クロフォードの作品に惚れ込んでいるみたいだな。まるで恋人のことを話すような目をしているぞ?」

「恋人だなんて、そんな、違います」

僕は、はにかむように笑った。

恋人のことを話しているように見えるとしたら、それは、クロフォードの作品の先にある、エドワードの喜ぶ顔が見たいから。

彼への、クリスマスプレゼントのことを考えているから。

いつも、彼のことを。

「やっと来週、クロフォード社の製造元の責任者に、アポイントメントを取りつけたんです。すごく、気難しいらしくて、なかなか誰とも会ってはくれない方らしいんです。でも、何度も資料を送って、返事がなくてもピカデリーの支店のほうにですけど、一所懸命足を運んだら、とりあえず、話だけでも聞いてもらえることになって」

「そうか」

エドワードが考え込むように、テーブルの上を軽く指で叩く。

「来なさい」

不意に立ち上がり、エドワードが僕を促《うなが》す。

「あの、どこに」

「この奥だ」

エドワードの城の中、廊下を歩く彼に、僕はついていく。

城内は広すぎて、まだ見たこともない部屋が、いっぱいある。

「ここだ」

ある部屋の前で、エドワードは足を止めた。

「入りなさい」

エドワードが僕のために扉を開けてくれる。重厚な扉が、歴史ある風情《ふぜい》を湛えた音を立てて開いた。

途端《とたん》に、吹き抜けのホールが現れる。

壁には歴代の城主らしき人物の肖像画が、年代順に飾られている。その下には金に光る真鍮《しんちゅう》の細工が施されたガラスケースが幾つもあり、中にはテーブルウェアがシリーズで美しく陳列されていた。

「歴代の王がこの城を訪れた際に、公爵家がもてなすために使用した食器をこの場所には保管してある。今でも必要な食器は、窯にオーダーして焼かせている」

エドワードがこともなげにさらりと言った。

（やっぱり…すごい……）

個人で食器をオーダーして、わざわざ窯に焼かせているなんて。

真の貴族の心の豊かさを、垣間見《かいまみ》た気がした。

華やかな色どりのフローラル柄、グリーンマーブルを基調にしたもの、果物の傷まで描き上げられたフルーツ柄、精密なレリーフが施されたテーブルウエアのシリーズは、ショーケースに飾られた宝石のように美しい。

そして比較的新しい場所に、可愛らしい小花模様が描かれたコレクションがあった。

「これは私の母が公爵家に嫁いできた時に、父が用意したものだ。代々公爵家では、当主が正式に妻を迎え入れる時に、全ての場面で使用するテーブルウエアを一揃い、揃えることになっている」

「へえ…そうなんですね」

エドワードのお父さんのお母さんへの愛情が、伝わってくるようだった。

大切な人に。ふと、僕は我に返る。

いつかエドワードも、この城に迎え入れるその人のために、彼の父親と同じことをするのだろうか。

(そうしたら僕はどうなるんだろう……)

そう思って僕は不安を掻き消すように首を振った。

「父は当時のロイヤル・クロフォードの当主にデザインを依頼し、母のためだけの作品を焼かせたようだが」

やはり、エドワードのお父さんも、クロフォードの作品のよさを、分かっていたに違いない。

僕がいいと思ったものを、ローレンス家の皆もいいと思ってくれているなんてちょっと嬉しい。

「今の当主は、ここ数年新作を発表していないようだが、私も彼の才能は認めている。頑張りなさい」

「は、はい!」

彼の励ましと、力強い腕が僕を包み込む。

ここに連れてきてくれたのも、クロフォード社の仕事を、僕が担当しているから。

だから、大切なコレクションを見せてくれたんだ。

エドワードの励ましと気遣いが嬉しくて、僕は彼の背にそ…っと腕を回した。

すると、エドワードの腕はより熱い抱擁《ほうよう》となって、僕を包む。

身体が溶け合うように抱き締め合って、彼の腰が下肢に当たった瞬間、僕はびくりと身体を竦《すく》ませた。

下肢に当たったエドワードのものは、既に熱い熱を孕《はら》んでいる。

「この場所ではまだ、君を抱いていなかったな」

「え…？」

エドワードの指先が、僕のベルトに掛かる。

彼が何を望んでいるか、僕は分かってしまった。

彼が、僕を熱く求めている。

身を竦ませた僕のちょうど腰の高さに、ショーケースがある。

「後ろを向いて、両手をそこについて。…そうだ」

エドワードに命じられれば、僕は逆らえない。エドワードの指先が僕のベルトを外し、下着ごと下肢から衣類を取り去っていく。

「そのまま、両足を開いていなさい」

恥ずかしい……。

スーツ姿の上半身は少しも乱されていない。なのに、下肢だけは一枚の布も身につけることを許されずに取り去られ、双丘を彼に向かって突き出す姿勢を取らされている。

エドワードの掌が、背後から僕の前に回った。

「あ…っ！」

僕の身体がびくん！と跳ねた。

じん、と身体の芯が疼《うず》く。

「あ、あ」

拒む間もなく、エドワードは僕の肉根を掌で包み込んでしまうと、くにくにと揉《も》みしだく。

（あ、そんな、場所）

「い、や。弄《いじ》らない、で」

「まだそんなに恥ずかしいか？」

エドワードは止める気はまったくないとばかりに、激しく僕の肉根を扱《しご》き出す。

「や…っ」

ダイニングで見た夢のような世界。そして誰よりも紳士的なエドワードが、僕のあんな場所を愛撫しているなんて。

恥ずかしくて、そしてエドワードが紳士的だからこそ、一層いやらしいことをしている気がして官能が高まっていく。

直接的な刺激を与えられて、僕の下肢が揺れ出す。

「腰が揺れているぞ、菜生。そんなにここを私に弄られるのがいいか？」

「あ、そん、な」

「私の手を濡らすなんて、いつからそんなにはしたなくなったんだ?」

浅ましい反応を指摘され、僕は耳まで真っ赤に染める。

僕を言葉で苛《いじ》めながら、掌は上下に肉根を扱き上げ続ける。

くちゅ…っという音がして、僕のものが濡れ始めているのが分かった。

エドワードは容赦なく、巧みな技で、僕の肉茎に愛撫を施し続ける。緩急《かんきゅう》をつけて絡みついた指が上下し、次第に僕の身体から力が抜けていく。

力が抜けると一層、与えられる快感をダイレクトに身体に受け止めてしまう。

「あっ!　あっ!」

敏感になり始めた身体に受ける、直接的な愛撫はたまらない。射精感がつのり、汚したくはないのに彼の掌を汚してしまいたくなる。

それが嫌で離して欲しくて腰を逃がそうとするのに、エドワードは僕の弱い部分を握り込み、やんわりとそれを制する。

「んっ、んっ」

声を堪《こら》えてしまいたい。でも、両手をショーケースの上についているせいで、それができない。

(あ、だ、め。身体が)

絶え間ない責めを与えられ、膝ががくがくしてくる。

「しっかりと腕をついて、支えているんだ」

床に崩れ落ちてしまいたい。けれどそれを、エドワードは許さない。

エドワードの指が、柔らかいものに絡み付き、先走りの蜜を零《こぼ》し始めていた先端に爪を立てる。

「あっ！」

僕は鋭い悲鳴を上げた。ずきん、と激しい快楽が、下肢を支配する。

背をのけ反らせ、頭を上げた先に見えたのは――数人の人々の視線。

「あ…っ」

僕は驚いて身体を強張らせた。

だがそれはすぐに、肖像画の目だということに気づく。

「誰かに見られていると思ったか？　こんなふうに私に下肢を弄られ、甘い蜜を零している反応を」

エドワードは僕の反応に気づいたようだ。

「見せてあげなさい。君がどんなに美しく、いやらしい表情で感じているのか。私も君を私の恋人だと先祖に紹介できてちょうどいい」

「やめて、下さ…っ」

そう言われれば、本当に生きている人に見られているようでいたたまれない。

きっと僕が近づけないような、貴い身分で人生を生きた人々に、こんな恥ずかしい姿を見られてしまうなんて。

けれどエドワードは止めるつもりはないようだ。

「この城にはまだ、幾つもの部屋がある。全ての部屋の先祖に君を紹介するのに、どのくらいかかるかな」

それは、全ての部屋でエドワードに抱かれるということ。

数え切れないほどある部屋の全てで、…抱かれる。

妖《あや》しい企みとともに、エドワードの指先が僕を追い上げる。

零れ落ちた露《つゆ》は、床に落とされたスーツに染みを作る。

「せっかく、エドワードが仕立てて…、あっ、くれたのに…っ、あ」

「構わない。君に新しいスーツを贈るたび、どうやってそれを脱がそうか、そればかりを考えている」

「そ、そんな…っ」

正装、三つ揃い、新しいスーツ、公式な場所やパーティーに出るたびに、エドワードは僕に新しい衣装をあつらえる。そしてそれらは大概、帰宅した後エドワードの手によって脱がされる。

脱がされた後に与えられるのは、熱い彼の杭で……。

そう思えば中がずきん…と強く疼いた。

下肢を露《あらわ》にされ、エドワードの見ている前で、僕の蕾《つぼみ》がひくつく。

彼の太いものを締めつけることを覚えさせられた蕾は、僕が信じられないほど淫《みだ》らな反応を見せるようになった。

彼を求めて、蕾が締めつけようと蠢《うごめ》くなんて。

でも、我慢できない。

彼に…疼く場所を愛して欲しい。

前を弄られて、最近の僕の身体は、それだけでは満足できないようになってしまった。

揺らめく腰に、エドワードはふ…っと低く笑うと、肉根を弄っていた掌を外してしまう。

「もっといやらしくなりなさい」

「だ、め…」

「何が駄目なんだ?」

落胆しそうになっていた身体の、双丘の狭間《はざま》に、エドワードは指先を触れさせる。

僕の蕾が、とろりとしたものに濡らされる。

ぞくりと僕の背筋が、電流が走ったようになる。

前を弄られて、疼き切っていた場所に、もうすぐ求めていた官能が与えられるのだ。

思わず、胸が期待に跳ねる。

「君を傷つけないためのものだ。……力を抜いて」

「はい……あっ!」

息を吐いた途端、タイミングを見計らったように、指が深々と中に突き立てられる。

（あ、エドワードの、指……）

長く器用で、僕の肉根を包み込んでいた指が、今は僕の身体の中にある。

「あ、あ、あ」

奥深く指は入り込むと、すぐに僕の中を掻き回し始めた。

僕の中はもう、細い指を易々《やすやす》と受け入れられるようになっている。はじめは、指を中に入れられるだけで、異物感と恐ろしさに怖くて泣いてしまったのに。

ぐちゅ…っ、ぐちゅ…っといやらしい水音を立て、指が中で蠢いている。

「君のここは従順だな。もっと指を増やしてあげよう」

言うなり、中指と人差し指が抉《えぐ》るように僕の中を前後しだした。

エドワードが、指を突き入れられている僕の後孔を見ている。

どんなに恥ずかしい格好をしているんだろう。

「あっ、あっ！」

ぎりぎりまで指は引き抜かれると、また、一気に最奥を目指す。

指が中を突き上げるたび、下肢が酷く疼いて、たまらなくなって。

僕は感じ切った声を、上げ続けてしまう。

羞恥のあまり、頭がぼう…っと霞《かす》んでくる。

放っておかれている前も、新たな激しい刺激に、蜜をみっともなく零し始める。

あんな恥ずかしい部分を指で抉られているのに、身体は疼き切っている。

「今日はずい分感じているみたいだな、菜生。やはり、私の先祖に見られていると思うと違うか？」

「違…っ、あぁ」

そんなふうに言われれば、肖像画の目を意識せずにはいられない。

喘ぐたび咽喉をのけ反らせれば、幾つもの肖像画の目が僕を見下ろす。

どことなくエドワードの面影がある人物たちが、僕を見ている。

何人もの視線に晒《さら》される中、僕は恥ずかしい格好をして抱かれている……。

「だ、め、です。こ、んな」

「ここをこんなに熱くしているのに？　いつもよりずっと敏感になっているようだ」

それは事実だ。

指が中を抉るたび、僕は蜜を溢れさせ、腰が自然と揺らめき、エドワードの指を蕾はしっかりと咥《くわ》え込んでしまう。

下肢が疼いて、疼いてたまらない。

もっと中を掻き回して欲しい。

指だけではなく、…もっと、力強いもので……。

「そんなにきつく締めると、指が中で動かせないだろう？」

僕のいやらしい反応を、エドワードがわざと僕に聞かせようとする。

(本当に今日は…いつもよりずっと、感じているみたい……)

久しぶりの逢瀬で、玄関でエドワードの深いキスに既に煽《あお》られていたから。

「私も君が欲しい。いいね？　菜生」

エドワードの言葉に、僕はコクンと小さく頷《うなず》いた。

「はい……」

なんて恥ずかしいことを言っているんだろう、僕は。

でも、彼が欲しくて、たまらない。

僕の答えを聞くと、エドワードは下肢を寛《くつろ》がせる。

エドワードの熱いものが、下肢に当たるのが分かった。

「あ、ああ…っ！」

蕾に固い物が当たる。

熱くて、大きくて、僕はいつもこの瞬間は身構えてしまう。

けれどエドワードは僕の腰を狙いを違えないようにしっかりと押さえつけると、解《ほぐ》された場所に腰を進めた。

「ひ、あ、ああっ！」

(エドワードが…入って、くる…)

僕は眉を寄せ、しっかりと瞳を閉じて衝撃に耐える。

(あ、熱い…、なんて、熱いんだろう)

彼が僕を求める情熱は、熱くて火傷《やけど》してしまいそう。

僕を傷つけまいと、ゆっくりと杭が進んでくる。

ずっしりとした質感に、下肢を支配されていく……。

ぐぐ…っと狭い場所を、塊《かたまり》が押し進んでくる。クールに見える人なのに、こんなにも僕を求める杭は熱い。

「あっ、あっ」

めり、と音を立てるように、濡らされた場所が、押し広げられる。

(あ、あ、い、いい……。す、ごい、感じて)

恐ろしいのは、苦痛よりも甘い快楽が全身を貫《つらぬ》いたこと。

待ち望んでいたものが与えられたような、充足感を感じる。

肉杭を双丘の狭間に突き立てられて、僕は身体が痺れるほどの快感に支配される。

疼きまくった場所を、楔《くさび》が掻き回す。

「最初は受け入れるだけで泣いていたのにな」

「や、あ…っ」

何も知らなかった僕の身体の中に、初めて熱い飛沫を注ぎ込んだのはエドワード。

拙《つたな》い反応しかできずに、泣いてばかりいた以前。

何度も解され、エドワードを受け入れさせられたそこは、頼もしいものに挑《いど》まれても、もう、苦痛を感じることはない。

なのに今は。

それどころか、突き上げられると身体の奥底からじわりと熱くなって。

(あ、あんなところが、こんなに…感じて)

前を弄られただけでは、満足できなくなった。

そして、蕾を指で抉られれば、もっと太くみっしりしたもので、中を充《み》たして欲しくなる。

全身が疼いて、疼いてたまらない。

(どうしちゃったんだろう…僕……)

貫かれれば、咥え込んだものを締めつけてしまう。

「あ、あっ」

声が、止まらない。

耳を塞《ふさ》ぎたくなるくらい甘い声。

エドワードがずん、と強く僕の中を突く。

すると、全身を快楽が貫く。

感じ切っている僕の反応に気をよくしたのか、エドワードが激しく僕の中を突き上げ始めた。

ぐちゅぐちゅと乱れ切った水音と、繋《つな》がっているのを知らせる摩擦音が、ホールに響く。

合間に混ざる僕の吐息と、嬌声《きょうせい》。

「あっ、んっ、ふ、んんっ」

エドワードが僕の口唇に指を含ませる。

唾液を絡ませながら、指をちゅ…っと吸い上げる……。

絡み合った下肢は、これ以上ないくらい乱れ切った接合音を上げ、僕の腰も自然に蠢いてしまう。

「すっかり、私を受け入れるのに慣れたようだな」

恥ずかしいけれど、それは事実だ。

エドワードのものを突き立てられ、僕は快楽に喘ぐ。

（あっ、突かれると、声が上が…って。あ…っ！）

柔らかく解された内壁を、杭が獰猛《どうもう》に突き上げる。激しく勃起し切ったものを体内で前後させられているのに、感じるのは快楽だけだ。

感じすぎて…怖い。

「あっ、んっ、ああ、ま、…って」

このまま追い上げられて、理性を失うほどに乱れてしまうのが怖い。

なのに最初から、エドワードは力強く突き上げ続ける。

全身を襲う快美感に、僕の腰が痺れ切っている。

律動を続けられたら、どうにかなってしまいそうだった。

「何をだ？」

なのに分かっていて、エドワードは僕の中で動きを速める。

「んっ、そんな、…い、じわる…しないで…」

「意地悪なんてしていないだろう？」

「ひ、ど…っ」

エドワードが激しく肉棒を出し入れする。

ガラスケースに手をついたまま、上半身はスーツを着ているのに、下肢は脱がされて狭間にエドワードの欲望を埋め込まれている。それだけではなく、中で屹立《きつりつ》を動かされて、激しく出し入れされるほど、全身が痺れてしまうほどに感じているなんて。

僕の舌はエドワードの指を、官能を誘うように吸っていて。

（なんていやらしいことをしてるんだろう……）

後ろを突き上げられて、僕の前は今は触れられてもいないのに、はちきれそうになっている。

身体が、変えられていく。

「い、や、もう」

今でも気を失うほどに感じているのに、もっと感じてしまいそうで恐ろしい。

「いいんだよ、菜生。もっといやらしくなりなさい。さあ、君のいやらしいここは、どんなふうに私を貪《むさぼ》っているんだ？」

エドワードはそんな意地悪を僕に言う。

「大きく広がって、私に絡みついてくる。熱くて、蕩《とろ》けそうだ」

言いながら、ずん、と強くエドワードが僕の中を突いた。

（ああ…っ、そんな、酷い）

彼を受け入れるための身体にされた僕の恥ずかしい部分を、エドワードは何度も何度も犯そうとする。

今でも怖いのに、もっといやらしくしようと、僕の身体に挑み続ける。

「や、そんなこと、言わない、で…っ」

（いじ、悪…しないで…）

僕は涙目になってしまう。

最近のエドワードは、優しいだけではなくてこんなふうに、強引で。

「締めつけることもいつの間にこんなに上手になったんだ？　どこで練習した？　自分で指を入れてみたのか？」

「あなた、だけ…っ、ああ、んっ！」

分かっているくせに。

確認するように言われ、僕は何度もあなただけだと、誓わされる。

最奥を貫かれながら。

激しい突き込みに合わせて、僕はもう、喘ぐことしかできない。

「あっあっあっ」

全身がばらばらになりそう。

その時、エドワードが指を僕の口腔から引き抜いた。

たっぷりと唾液で濡らした指を、シャツをはだけ胸元に差し込んでいく。

「あぅっ、あ、ああ――っ！」

ねっとりと指が僕の胸の尖りに絡みつき、くちゅくちゅと濡れた音を立てて摘《つま》み上げる。その間も、下肢の突き上げは容赦なく僕を襲う。

（あ、す、ご、い……）

エドワードの抱き方は、僕には巧みすぎて、快楽を煽られすぎてしまう。

最初の頃は、エドワードが僕に、どんなに優しくしてくれていたか、今さらながらに分かる。

彼を受け入れるのに慣れ始めた今は、エドワードは僕に容赦《ようしゃ》ない。

感じて敏感になりすぎた身体に、さらに二重、三重に愛撫が施され、息をつくこともできない。

こりこりと胸の尖りを押し潰し、指の腹で摘み上げ、刺激を与えながら、下肢は獰猛に僕を追い上げる。

全身を快楽が貫き、揺れる腰を止めることができない。

いつの間に、僕はこんなにいやらしくなったんだろう。

いやらしい僕の反応に、エドワードのものが中でもっと大きくなる。

「どこを突いて欲しい？」

「んっ、い、や…っ」

「言いなさい。言えば君がいいところを、突いてあげよう」

とても紳士的で優しい人なのに、僕を抱く時はもの凄く情熱的で激しい。

浅ましい吐息の中で、繋がった部分で快楽を貪り合う行為に溺《おぼ》れる。

言えない代わりに、僕はエドワードのものを強く締めつけてしまう。

「仕方ないな。まだまだ君には教え込まなければならないことがいっぱいあるようだ」

悟すような言葉とともに、僕の中をさらに激しくエドワードが突き上げる。

（あ、ああ、もう、だ、め）

じん、と腰が痺れた。はちきれそうになった前は、後ろだけの快楽で昇りつめていく。

狭い蕾に大きすぎるものを受け入れさせられ、そこを抉るように突き上げられ、僕の身体はこれ以上ない深い快感に支配される。

擦られた内壁は甘く熟《う》れて、僕の意志とは裏腹に、彼のものを締めつけて貫く男の射精を促すことができるようになった。

もう、肘で身体を支えられない。

そう思った時、一際深く、肉棒が僕の一番奥を抉って。

「あ、あああ――……っ！」

目の前の視界が真っ白に弾け飛ぶ。

今までにない快美感に支配され、僕も快楽を極めていった。


それから、エドワードは動けなくなった僕を横抱きに抱き上げて、寝室まで連れていった。

「ん……」

まるで壊れ物を扱うかのように優しくベッドの上に下ろされる。

いつも会うたびに、彼に知らなかった快楽を教えられていく。

(今日も……)

どうしちゃったんだろう、僕は。

全身がまだ、快楽に痺れ切っている。

シーツが肌に触れるだけで、僕は悩ましい吐息を漏らしてしまう。

なんであんなに乱れてしまったんだろう。

自分でも、最近の自分の反応が怖いほどだ。

彼に抱かれれば抱かれるほど、身体を重ね合うほど、感じるようになってしまう。

感じ切った身体は気だるく、指を動かすのも億劫《おっくう》なほどだ。

今もさんざん擦り上げられて貫かれた部分はじんじん痺れて、甘い余韻を僕の全身に与える。

このまま甘い倦怠《けんたい》感にたゆたって、彼の腕の中で眠りにつくことができたなら。

そう思うのに、エドワードは僕の上半身から、残っていた着衣を剝《は》いでいく。

「エ、エドワード……」

焦《あせ》っても、エドワードは僕から全てを取り去ってしまう。

ベッドの上で、全てを脱ぎ去った姿で、仰向けに寝かされる。

その姿を、エドワードが見下ろしている。

白い肌、上気した頰、一糸まとわぬ裸体。

弾けさせた前も、エドワードの欲望を体内から滴《したた》らせ、白濁を伝わらせる太腿も。

彼に、達したばかりの身体を見られている……。

エドワードも衣服を脱ぎ去ると、僕の上に素肌で覆いかぶさってくる。

「君の上司から聞いた。君は来週末、出張に行くそうだな」

「え、ええ」

「来週、私を放っておく罰だ。今日はその分、君を抱く」

「そんな…っ」

「覚悟しなさい。二週間後まで消えない跡をつけておく。跡を見るたび、私を思い出すんだ。いいね？」

そう言うと、エドワードが首筋に、胸元に、口唇を落とし肌を吸い上げていく。

「あっ！」

いつもより強く吸われ、僕は声を上げた。

びり…っと肌が痺れたようになる。

「あんなに激しく…したのに」

ホールで交わったことを言えば、エドワードは軽く笑った。

「本番はこれからだ。あれよりもっと深く、君を感じさせてあげよう」

死にそうなほどに感じた、あのホールよりも。

けれどエドワードの熱い指や、激しく僕の肌をまさぐる掌が、それは嘘ではないと物語っている。

（あ……）

既にエドワードのものは勢いを取り戻しているのが見えた。

最近の彼は、僕を一度で離してくれたことはない。

僕が気を失いそうになっても、何度も僕に熱い飛沫を注ぎ込む。

「今日はもう…許して下さい。せめて、少し休ませ…て」

「足を開くんだ、菜生」

躊躇《ちゅうちょ》することは許されない。強引な命令に、僕の身体は開かされていく。感じ切って達したばかりの身体は、彼の欲望をすぐに受け止めるにはきつく、止めて欲しいと訴えている。

「さっきは君の表情をよく見られなかったからね。君のいやらしい顔を見せるんだ」

「お願い…です。エドワード…少し、ま、って」

顔を背《そむ》けるのを、エドワードは許さない。

掌で覆おうとするのを、エドワードの掌によって外される。

僕の願いは聞き入れてはもらえない。

(どうして…エドワード…)

無理やり掌を外されれば、彼を受け入れる瞬間も、苦痛ではなく快楽に喘ぐ表情も、全て、見られてしまう。

エドワードが仰向けになった僕の両足を、左右に大きく開いた。

膝裏に手を差し込まれ、閉じることができない。

恥ずかしくて、苦しくてたまらない。

「君ももう一度、私が欲しいんだろう？　見られているだけで感じたか？」

「い、いやです」

淫靡な囁きにぴくん、と僕の肉根が疼いた。身体はつらいのに、彼の囁きは僕を羞恥に落とし込み、再び欲情を取り戻させようとする。

膨《ふく》らみを取り戻そうとする肉根も、さっきまで彼を受け入れていた部分も全て、見られてしまう。

（いじ、わる……）

エドワードは僕を言葉でいやらしく追いつめていく。

でも、そんな言葉の数々にも、僕の身体は淫らに反応してしまう。

もっと優しくして欲しいのに。

なのに、最近のエドワードは僕が懇願しても許してはくれない。何度も、何度も僕を抱く。

「もっと大きく開きなさい」

彼に命じられ、僕は自ら左右に足を開いていく。

「もっとだ」

僕の耳朶《じだ》までが真っ赤に染まる。うなじも上気しているのが分かる。

自分で彼に足を開かなければならないのは、たまらない責めだった。

（こんな…格好……酷い…）

わざと恥ずかしい格好をさせられ、彼を受け止める。

顔を隠すことができないのならせめて。

顔を横に背けて、彼の視線から逃れようとする。

彼の指に弄られて、尖っている胸元、彼を受け入れる部分を、仰向けになって差し出している僕の今の姿……。

羞恥にいたたまれないのに、僕の身体は見られているだけでずきずきと疼いている。

彼が、欲しい……。

僕の身体が心より先に陥落《かんらく》する。

蜜をまだ滴らせたままの蕾に、エドワードが強引に押し進む。

「あ、あ――っ！」

立ったままの不安定な場所ではなくて、ベッドなら存分に愛し合える。

こんなふうに激しく突き上げられても、何も邪魔するものはない。

「私の腕の中で、もっと乱れなさい」

今は誰も僕たちの行為を見る者はいない。

乱れても、僕のいやらしい姿を見るのは、エドワードだけで。

「い、や…っ」

「私を拒むのは許さない。次は君が私を満足させる番だ、菜生」

頼もしい彼の身体が、僕に重なっている。

(満足させる?)

僕の胸がどきりとなった。

もしかして、エドワードは僕に満足していないいんだろうか……?

「君の身体をもっと、いやらしくしてあげよう」

吐息とともに彼の淫靡な誘いが耳朶に吹き込まれる。

鼓膜を震わせるような美声に、僕の下肢が痺れたようになる。

(もっといやらしくなったら、どうなっちゃうんだろう……)

けれど再び疼くそこを突き上げられる快楽は、たまらなくて。

「いっぱい、君の中を突いてあげよう」

言いながら、エドワードが肉茎の抜き差しを速めた。腰を回しながら、激しく僕の中を突きまくる。

「突か…っ、ないで…っ、あ、あぁ!」

あまりの快楽に、身体がどうにかなってしまいそうだった。開きっぱなしの口角からは蜜を零し、自分がいやらしい表情をしているのが分かる。

「私の腕の中で、もっと感じなさい」

彼のものに中を擦り上げられると、ぞくぞく…っと下肢から激しい快楽が生まれる。

僕の身体、どうなっちゃったんだろう。

あんな恥ずかしい場所で、こんなに感じてしまうなんて。

エドワードも、何度も僕の身体を突き上げる。溢れるほどに蜜を注いでも、それでもエドワードは、まるきり満足していないみたいに、僕を離してはくれなくて。

「あっ。あっあっ、ああ、ん……っ、は、ああっ、あっぁ！」

律動に合わせて僕は喘ぎ続ける。

再び始まる律動に、僕の意識は快楽に呑まれていった。


「ん……」

まだ、カーテンから光の漏れない深夜、僕は隣の部屋から聞こえてくる小さな声に、うっすらと目を開けた。

長く、そしてじっくりと彼に愛されて、僕はいつ眠りについたのか覚えていない。

最後のほうは記憶もあやふやで、突き上げられて快楽を貪るだけの人形になったみたいだった。

恥ずかしくて羞恥に泣く僕の砦《とりで》を、エドワードは甘い快楽で突き崩そうとする。

(あんなふうに、苛めなくてもいいのに)

最近のエドワードは僕に、ずっと意地悪になったみたい。

僕の身体がどんなふうにいやらしくなったか、僕を責めるように抱く。

もっといやらしくなるように命じられても、どうしても羞恥を突き崩せない僕に、行為は激しくなるばかりだ。

最近のエドワードの行為の激しさは、優しかった以前とは別人のようで、まるで壊されてしまうかのような力強さに、怯《おび》えてしまいそうになる。

何度達してもエドワードは満足しないみたいに、僕を激しく求める。

——次は君が私を満足させる番だ。

ふと、彼の言葉を思い出し、僕の身体は震えた。

もしかしたら、僕で満足できないんだろうか……？

だから、あんなに何度も放出しても、僕を離してくれないんだろうか……？

僕の中で達しても達しても、彼は僕を離してはくれなかった……。

細い手足、日に焼けない肌、どうして彼はこんな身体を抱いてくれるんだろう。

男の人は彼しか知らなくて、積極的にふるまうことも、ましてや誘うこともできない。

どうすれば彼が達するかも分からなくて、大切な部分を捧げ、抉ってもらうことしか僕にできることはない。

何度抱いても、満足させられない僕に焦《じ》れて、だから最近、あんなに激しい…んだろうか。

僕は優しく彼に抱き締められるだけで、満足なのに。

（駄目だ、そんなことを考えちゃ）

そう思って、僕はふるふると首を振る。

最初は、彼に会えるだけで嬉しかったのに。

彼の姿を見られるだけで、幸せだったのに。

もっと優しくして欲しいとか、あんまりいやらしいことをしないでとか、そんなことを願ってしまうようになるなんて。

抱き締められ口づけられ、僕はすっかり欲張りになったみたいだ。

情熱的に愛されても、恥ずかしくてやめて、とばかり言う僕に、エドワードが愛想を尽かしていたら。

震える身体を庇《かば》うように、僕はシーツの中に身体を埋めた。

最近では、やっと大きな仕事も任されるようになり、元々忙しいエドワードとは、会社でも会うことは稀《まれ》だ。

来週、僕はエドワードに会えない。

本当は、……もっと会いたい。一緒にいたい。

週末だけでなく、平日もずっと一緒に抱き合っていたい。

そんなふうに思うのは自分だけではなくて、僕を求める腕の激しさに、エドワードも同じなのかもしれないと期待しそうになる。

（…でも）

思い出の家を、祖父は何より大切に思っていることを、僕は知っている。

一人娘である僕の母を亡くし、意気消沈していた彼を、僕は一人になんてできない。

庭作りの名手と謳《うた》われた祖父は、最近ではすっかり元気を取り戻し、ガーデニングコンテストで優勝するまでになった。

今は仕事に復帰して、忙しい日々を送っているけれど。

思いに耽るうちに、隣にあるはずの体温がないことに気づき、不思議に思って様子を窺《うかが》おうとすれば、隣の部屋から細い光が漏れるのが見えた。

「そうだ。今、準備を進めている」

「大切な方へのクリスマスプレゼント、ですか」

(ヒューさん…?)

漏れ聞こえる声に、僕は耳をそばだてる。

もう一人の声はエドワードだ。やはり、聞き惚れるほどにいい声だ。

紳士的で低い、落ち着いた声。なのにそれは。

——足を開きなさい、菜生。

寝室では傲慢《ごうまん》に、そして強引に僕に命じる。

そうやって命じられると、僕は抵抗できなくなって……。

「先代様も、母君にそうして、プレゼントなさったそうですよ」

「まさか菜生があれに目をつけるとは思わなかったな」

(僕……?)

一体何の話……?

話の中に僕が出てきたことに驚く。

「正式に、公爵家に迎え入れる準備だ。周到に進めて過ぎることはない」

公爵家へ正式に…?

先代が母君を迎え入れた時のような準備って、それは。

(大切な人って)

「彼女のためのオーダーは向こうに残っているそうだ。それならば容易に準備できると言われたが、今回はまるきり新しいものを用意したいと告げてある」

(彼女?)

僕の心臓がどきんと跳ねた。

「菜生様はご存知なのですか?」

「菜生は知らない。このことは、菜生には言うな」

(…っ!)

表情が強張る。

エドワードは僕に言うなと、ヒューに命じる。

「承知しております」

ヒューは慇懃《いんぎん》に頷く。

大切な人を、エドワードは公爵家に迎え入れる。

——彼女のためのオーダーは……。

尊敬するような口調で、エドワードが告げた人。

そしてそれは、——僕には内緒にしなければならない人。

◆
◇
◆

——菜生には言うな。

エドワードが僕に作った秘密。

やっぱり…僕では満足できなかったのかもしれない。

最近のエドワードは僕を抱きながらも焦れたみたいに、苛めるように僕を突き上げていた。

——大切な方を迎えるために。

最初から、身分違いだってことは分かっていたのに。

なのにどうして、いつの間に、彼に抱き締められるのも、彼の口唇を独占するのも、当たり前のように思ってしまっていたんだろう。

傷つく気持ちに僕はそっと目を伏せる。

「お客さん、もうすぐだよ」

「え？　あ、はい。すみません」

タクシーの運転手に声をかけられ、僕は我に返る。

週末、僕は出張でロンドンの西北に位置する、ブロードヒースに来ていた。

テーブルウエアの名店、ロイヤル・クロフォード社の製造元がある街だ。

電車とタクシーを乗り継いで辿《たど》り着いたのは。

「すごい……」

タクシーを降りた途端、思わず、僕は声を上げてしまう。

「だろう？　クロフォード家はこの辺り一帯を所有する、侯爵家だからね」

そう、ロイヤル・クロフォード社は名陶磁器メーカーであると同時に、その功績を称えられ与えられた、爵位を持っている。

僕に笑顔を向けると、タクシーの運転手は走り去る。

「確かにここ、だよね」

僕は何度も手許の住所を見直す。

イギリスの陶器メーカーの中でも古い歴史を誇るロイヤル・クロフォード、その製造元というから、工場のようなものを想像していたのに、僕の目の前にそびえたつのは壮麗な城だった。

優美なエドワードの城と違い、質実剛健な、領主の館のような雰囲気を持つ。

城の中からは煙突が見える。城内に窯を併設しているらしい。

現当主はダグラス・クロフォード、彼自身が有能な陶器職人でもある。

デザイン、ペイント、どの工程でも超一流の腕を持ち、他のメーカーの追随《ついずい》を許さない。

貴族でありながら、職人として仕事もできるなんて、なんてすごい人なんだろう。

(でも……)

それだけの腕と評価を持ちながら、なぜかここ数年、クロフォード社は新作を発表していない。

(どうしてだろう……)

今まで、何社もの営業が何度も足を運び、どんな高額な条件を提示しても、彼が首を縦に振ることはなかった。

かなり気難しい人物らしいという評判だ。

彼自身が経営者でもあり、ピカデリーに本社があるというのに、そこには滅多《めった》に足を運ぶことはなく、指示は全て、この片田舎といってもいいブロードヒースから出しているという。

僕も話を聞いてもらうだけなのに、ここまで辿り着くのに相当な日数を費やしている。

どんな人なんだろう。

もしかしたら、元気を取り戻す前の僕のお祖父さんのように、お年を召した人なんだろうか。

だから、この城から滅多に出てはこないんだろうか。

新作をお願いしたくても、体調的な理由で、本当は難しかったんだろうか。

今まで、どんな営業が足を運んでも、けんもほろろに追い返されたという評判の人。

なのに、僕で大丈夫だろうか。

僕が彼の名前を出した時、エドワードは少し考え込んだ様子だった。

エドワード。

彼に喜んで欲しくて。

大切な彼へのクリスマスプレゼントを用意したくて。

でも、彼がクリスマスプレゼントを用意したい大切な人は、僕には内緒の人で……。

「ううん、駄目だぞ、こんなんじゃ」

くじけそうになる気持ちを、僕は奮《ふる》い立たせる。

仕事なんだから。

せめて大切な人にはなれなくても、仕事で少しでも何か返せるように。

今、僕にできることは、それしか多分、ないから。

目の前の仕事に全力を尽くすことしか、僕がエドワードのためにできることはないから。

そう思って僕は呼び鈴を押した。

暫《しばら》く待っても、誰も出てくる気配はなかった。

「あの、どなたかいらっしゃいませんか？」

大きな鉄の城門の隣、木の通用門は開いており、そこから中庭に向かって声を掛ける。

けれど広大な城の中からは、何の返答もない。

（もしかしたら、この中にもう一つ、本当の入口があるのかな？）

今目の前にあるのはもう使われていない門で、呼び鈴は壊れて中に通じていないのかも…？

そんな古めかしい雰囲気がある。

勝手に中に入るなんてできない。けれど待てどくらせど誰も出てはこなくて、約束の時間が過ぎてしまいそうで、僕は逡巡《しゅんじゅん》した後、中に一歩足を踏み入れた。

目の前に石で造られた城の外壁がある。

蔦《つた》の絡まった壁、どっしりと立つ木々が、おどろおどろしい雰囲気を醸《かも》し出している。

まるで、中世に舞い戻ったみたいな景色が、僕の前に現れる。

ごくり、と僕は唾を飲み込んだ。

クロフォード社の経営者だけではなく、城自体も侵入者を阻《はば》むような気配に満ちている。

足を止めた僕の目に入ったのは、城の背後にある、別の建物だった。

煙が立ち上っていて、人の気配が感じられる。

勝手に立ち入ったことに後ろめたさを覚えながら、僕が隣の建物に向かおうとすると……。

「何者だ」

(っ！)

きつい声が辺りに響き渡り、僕は慌てて振り返る。

「す、すみません、勝手に中まで入り込んで。僕は怪しい者じゃ……」

慌てて謝罪しながら振り返ろうとして、そこに立っていた男性に僕は言葉を失う。

背が高く逞《たくま》しい胸板、前のボタンを外し着崩したシャツ、袖口から覗《のぞ》く太い手首に、男らしい荒々しさ、あちこち煤《すす》で汚れているのは、作業中だったからだろうか。

自身の仕事に対するプライドを湛えた、印象的な鋭い双眸《そうぼう》。前髪の下から覗くそれは、僕を苛立たしげに睨みつけていても、魅力的だった。エドワードとは違ったタイプの美形だ。

エドワードは大学教授もしているからか、クールで知的で気品があって紳士的な印象を受けるけれど、目の前の彼は、獰猛な雄といった雰囲気だ。

陶器職人の一人だろうか。

彼は僕をじ…っと睨みつけている。

吸い込まれそうなほど印象的な、グリーンの瞳。

「僕は香乃菜生といいます。ロイヤル・グレイ社の社員で、本日製造責任者の方とのアポイントを頂いています。外の呼び鈴を押したのですが、お返事がなかったものですから、どなたかに取り次いで頂こうと思って」

彼は何も答えない。

年齢はエドワードと同じくらいだろうか。

男性的な魅力に溢れた彼からは、仕事に対する厳しさを感じた。

広い肩幅も太い手首も、骨太の指先も、長年の作業によって自然に培《つちか》われたものだろう。

集中して作業していたのに、僕に邪魔されたら怒るのも当然だ。

「本当に、勝手に入って申し訳ありません。作業の邪魔をして」

うなだれながら、それでも僕も必死に告げる。

すると彼は突然、口を開いた。

「お前の会社はどんな条件を持ってきた？」

「条件？」

もしかして、ロイヤル・グレイ社との取引のことだろうか。

「以前、製造責任者の方に、ご連絡した通りですが」

上司の許可をもらって、僕が動かせる予算の中で最大限の額。

どんな高額な条件でも首を縦に振らない責任者にとっては、嗤《わら》われてしまうような額かもしれない。

でも、誰より大切に扱うつもりだから。僕にできる全てで。

「それは断ったはずだ」

「ですが、一度だけ話を聞いて下さると」

すると、彼は舌を打った。

「連絡が行き違ったんだな」

「え…」

僕は青ざめる。

もしかしたら、今日責任者と会う予定は、キャンセルされていたんだろうか。

やっと、話だけでも聞いてもらえるところまで、こぎつけたと思ったのに。

(あれ…? でも)

なんで彼が、僕の事情を知っているんだろう。

その時、肩を冷たいものがポツンと打った。

空を見れば天気が変わりやすいと評判の英国らしく、さっきまで晴れていたのに、黒い雲が空を覆っていた。

「雨、か。駅に向かう橋は、雨になれば使えない。仕方ない。…来い」

彼は僕に背を向けてさっさと歩き出す。

「え？　いいんですか？」

「来いと言ってる！」

「は、はい」

これ以上彼の機嫌を損ねたら、製造責任者の機嫌も損ねてしまいそうで、僕は逆らわずに慌てて彼のあとを追う。しかも、今。

（雨になれば橋が使えないって）

城に来る直前に渡った橋、あれが使えなければこの城から外には出られない……？

雨はすぐに豪雨に変わり、濡れながら僕は彼のあとをついていく。

先ほど見えていた石の外壁、その中に促され、僕は城内に足を踏み入れる。

あまり人が頻繁《ひんぱん》に訪れることはないのか、ギイイ…と錆《さび》びついた音がして、扉が僕の背後で閉まった。

薄暗いホールの中、目の前の男性と二人きり。

柱時計がボン、と五時の鐘を打つ。

歴史を感じさせる調度品、磨き抜かれて飴色に変化した木の壁、目の前に立つ男性がいなかったら、十八世紀に舞い戻ったみたいな錯覚に陥《おちい》りそうだ。

「あの、勝手に入ってよかったんですか？」

城内はクロフォード侯爵だけが、入室の許可を与えられる場所のはずだ。

「この城は私のものだ。誰に遠慮がいる？」

「え…っ」

まさか、まさか。

彼は壮大な城を背後に、堂々とふるまう。萎縮《いしゅく》した様子はなく、城で過ごすのに慣れた仕草だ。

窯のそばでは一流の職人に、そして城を背にすればそれが絵になるほど似合う。

「私はダグラス・クロフォード。製造責任者は代々、クロフォード家の当主が務める。会いたいと言って寄越《よこ》したのはお前のほうだろう？」

（…っ！）

僕の全身に衝撃が走った。

彼がクロフォード侯爵っ!?

本当に…!?

僕は心から動揺してしまう。

どうしてだろう。

侯爵は老齢の僕のお祖父さんみたいな人だと、勝手に思い込んでいた。

気難しいと評判だったから。

なのに、目の前に立つ侯爵は、精力に漲《みなぎ》った壮健な男性で、そして、ものすごいハンサムで。

どうしよう。製造責任者は別にいると思ってた。

（なのに、彼がクロフォード侯爵だったなんて……！）

しかもこんなに素敵な人で。

でも今は、迫力のある瞳で、僕を睨みつけている。

「そんなことも知らなかったのか？　なのによく、のうのうとここまで来られたものだな」

彼が不愉快そうに吐き捨てる。

彼の指摘は当然だ。勉強不足をやる気不足と詰られても仕方ない。でも。

「申し訳ありません……！　ですが、クロフォード社の作品を、僕は本当に素晴らしいと思っているし、その気持ちでは誰にも負けませんから……！」

僕は必死で言いつのる。拳《こぶし》を握り締めながら。

「誰にも？」

ふん、とクロフォードが馬鹿にしたように鼻を鳴らす。

「だったら、それが証明できるか？」

彼の両腕が僕に伸びる。驚いて僕が後退すると、壁が背に当たった。

「人の気持ちほど移ろいやすいものはない。裏切りはそこら中に転がっている。お前の言葉に嘘がないと証明できるのか？」

人の気持ちは移ろいやすいもの。

その言葉に僕はぎくりとする。

エドワードの心が既に、僕から離れていたら……。

目だけで人を噛み殺せそうな瞳が、じ…っと強い光と迫力を湛えて、僕を見下ろしている。

両腕の中に閉じ込められ、僕の背が震える。

「そこまで言うからには、私を説得する自信があるんだろうな」

「え？」

「お前をこの城に滞在させてやる。だが、説得できるまで、この城から出られないと思え」

肉厚の口唇が、低い脅しを吐く。

「今夜は夜通し雨が降るらしい。この城を出るには、あの橋を渡るしかない。だが、水が引くまで暫くは、あの橋は使えない。お前はこの城から暫く出られない」

(そ、そんな……っ)

青ざめる僕を、獰猛な瞳が見下ろしている。

「クロフォードさん…」

「ダグラスと呼べ」

「ダグラス、さん……」

震える僕を存分に堪能すると、腕が離れていく……。

「セバスチャン」

「ご用でございますか、侯爵様」

ダグラスの呼びかけに、城同様年代物といった老齢の執事が姿を現す。

「私の客人だ。暫くこの城に滞在することになる。部屋に案内するように」

「かしこまりました」

拒絶を許さない二人のやり取りに、僕は緊張に顔を強張らせながらごくりと唾を飲み込んだ。


執事のあとをついていく。

長い廊下をこつんこつんと二人分の足音が響く。

廊下の所々に明かりは灯《とも》されているものの、中世の時代に作られたらしい城は、外敵からの攻撃から居住者を守るためか、明かり取りの窓は殆《ほとん》どなく全体的に薄暗い。

冬の英国は午後五時にもなれば日は沈み、周囲は真っ暗になる。

（一体、どんな場所に連れていかれるんだろう……）

友好的とは思えない態度の城主に、仕方なく滞在させてもらう場所。

まさか滞在させてもらえるとは思わなかったけれど、この分では暖房もないかもしれない。

僕はふるり、と肩を震わせた。

雨に濡れた身体を、スーツごと自身の腕で抱き締める。

石造りの城は寒々しく、夜を無事に明かせるかどうかも不安になる。

(ううん、追い出されなかっただけ、よかったと思わなければ)

胸を塞ぐ不安に表情を曇らせながらも、どうしようもできなくて、僕は執事のあとを大人しくついていく。

「こちらの部屋をお使い下さい」

執事がある部屋の前で足を止めた。

「失礼…します…」

扉を開いて僕を中に促す。

すると、明かりの灯された部屋の中で、暖炉の火が暖かく燃えていた。

(え……?)

清掃の行き届いた室内に、暖かい部屋、壁には絵のように美しいプレートが飾られている。泊まる人間を歓迎するかのような、温かい花模様のプレートで飾られた広い部屋。

部屋の隅には眠りを誘うかのようなふかふかのベッドがある。

想像していたのとはまるで違う、温かい雰囲気に満ちた部屋だった。

「この廊下の突き当たりはクロフォード様のお部屋です。私の部屋も近くにございますから、何か必要なことがあれば遠慮なくお知らせ下さい」

　まさかダグラスのすぐ近くの部屋を与えられるとは思わなかった。

　もっと使用人たちの部屋の並びの、ううん、倉庫みたいなところに泊まらなければならないかと思ったのに。

「雨に濡れていらっしゃるようですね。先に浴室をお使い下さい」

「え、あの」

「浴室から出られるまでに新しいお召し物をご用意しておきます。夕食は七時からです。呼びに参りますので、それまでどうぞお寛ぎ下さい」


　温かいシャワーを浴びて浴室から出ると、プレスされたスーツと糊《のり》のきいたシャツが、ハンガーに掛けられて本当に用意されていた。

　そして、銀のトレイにはもちろん、クロフォード社のポットとティーカップが置かれていた。

「いいのかな…？」

　僕は戸惑いながらも、ポットを手に取った。

ポットには熱いお茶が入っていて、ティーカップに注ぐと湯気が立ち上る。

暖かい部屋で、熱いお茶を口にして、ほっと息をつく。

クロフォード社のカップはやっぱり、口触りも滑らかで、愛する誰かとキスしてるかのよう。

(大丈夫、なのかな……?)

ダグラスはずい分、怒っているみたいだったのに。

迷惑そうで、仕方なさそうに僕を泊めることにしたのに、こんなふうにお茶を出されて、風邪を引かないように配慮されたのか、新しいスーツまで用意されて、僕は戸惑う。

まるで、大切にされているみたいに。

「あ、連絡…!」

週末とはいえ、到着したら上司に連絡するよう言われていたのを思い出し、僕は鞄《かばん》の中から携帯を取る。でも。

「圏外…?」

分厚い石に阻まれてか、場所のせいなのか電波は届かない。せめてと窓際に移動しても、状態は変わることはなかった。

「あ、そうだ。セバスチャンさんの部屋が近くにあるんだっけ。電話を借りられないかな」

僕は部屋の外に出る。

「どこに行く?」

セバスチャンではない若々しい声が響き、僕は驚いて振り向く。

「ダグラスさん！」

そういえば、彼の部屋も近くにあるんだっけ。

「あの、携帯が使えなくて。申し訳ありませんが、電話を借りられませんか？」

すると、ダグラスは考え込む素振りを見せた後、口を開いた。

「先ほどの落雷で、不通になっている」

「そ、そんな…」

ダグラスはそれだけ告げると、僕に背を向けて奥の部屋に行ってしまう。

「どうしよう……」

僕はがっくりと肩を落とす。

これでは、エドワードに連絡も取れない。

「エドワード……」

会いたい。

たとえ、彼に大切な人ができたとしても。僕はまだ。

でも、僕が彼を愛することが、エドワードの大切な人に邪魔だったなら。

彼がくれた夢のような時間。

夢のような世界。

愛されて幸せで、何より幸せで幸せで。だから。

彼を幸せにするためなら、…今の僕ができる全てを。

僕は嵌《は》め殺しの窓から外を眺めた。

既に日は落ち、街灯もない外は真っ暗で何も見えない。

さらに酷くなった雨が窓を激しく打つ。

――私を説得するまで、この城から出られないと思え。

ダグラスのあの言葉は本当かもしれない。

ぞくり、と僕は身体を震わせる。でも。

(説得できればいいんだから)

誰より卓越した腕と技を持つ超一流の職人、なのにここ数年、新作を一切発表していないという彼。

一体ダグラスに、何があったんだろう……？


「菜生様、お迎えに参りました」

時間きっかりに執事は僕を迎えに来た。

老齢の彼はこれぞ執事、という雰囲気の人だ。エドワードの執事、ヒューもプロフェッショナルな最高の執事だけれど、どことなく別の顔を持つような、そんな不思議な雰囲気がある。

「あの、食事っていいんですか…？　あの、ご迷惑なんじゃ」

躊躇しながら告げると、セバスチャンはぴしゃりと言い放つ。

「この辺りにレストランはありません。橋が使えるようになるまで、何も召し上がらないおつもりですか？」

それきり、僕は押し黙る。

セバスチャンに案内されたのは、ローレンス家に勝るとも劣らないダイニングルーム。

そこには……。

（ダグラスさん…？）

確かに、顔はダグラスだ。だが、先ほどの、着崩した作業着とも言っていい埃《ほこり》まみれの衣服から、ダグラスもスーツに着替えている。

雨に濡れたせいでシャワーを浴びたのか、崩れるように下りていた前髪はきちんと整えられている。

正装に着替えた彼は、まるで別人だった。

本当の侯爵が、テーブルの中央に着席している。

窯がある建物の前で会った彼は煤に汚れてワイルドだったのに、完璧な三つ揃いを着た彼は完璧な紳士だった。

セバスチャンは席には着かない。

「何をしている？」

「あの、いいんですか？」

「既に用意させてある」

言われて僕は席に着く。

侯爵と同じ席で、食事をしてもいいんだろうか…？

僕がテーブルに着くと、食事がサーブされる。ずい分クロフォードの作品は勉強したはずだったけれど、やはり、本当のクロフォード家で出される食器は目を瞠《みは》るほど豪華だ。

華麗で絢爛《けんらん》で、豊富な絵柄、精緻《せいち》なレリーフ、芸術の域にまで洗練された食器の数々が、食卓を豪華に彩る。

これらを生み出す彼と同じ席で食事ができるなんて。緊張に鼓動が速まりっぱなしだ。

最高のテーブルウェアでひと通りの食事を済ますと、食後の紅茶が運ばれる。

このカップで、ロイヤル・グレイ社の紅茶が飲めたなら。

食事が終わると、僕はつい、勢い込んで告げる。

「あの、僕の会社で扱っている紅茶を持ってきているんです。よろしければぜひ、明日の朝、試してみてもらえませんか？」

「どんなものでも同じことだ」

どうしてだろう。

僕は彼の作ったカップからは、確かに使い手のことを考えた温もりを感じた。なのに、今の彼からは、それとは反対の言葉しか聞かれない。

初めて会った時の彼は職人としてのプライドに溢れているようで、決して新作を生み出す能力がないようには見えなかった。

「でも、皆あなたの、新しい作品を待ち望んでいます」

「そんな理由で私を説得できると思ったか？」

どんな有能な営業も、彼を説得することはできない。

多くの人が彼の作品を好きで、彼の作品を待ち望んでいるのに、それでは彼の心を動かすことはできない。

「他に私を説得する理由は？」

「僕自身があなたの作品が好きだから。誰よりも大切に扱います、だから」

営業として用意していた杓子定規《しゃくしじょうぎ》な理由は、彼の鋭い瞳の前に掻き消される。

建前なんて彼の前では通用しない。

深いグリーンの瞳に見透かされて、僕は真実しか口にすることができない。

『あなたの作品が好き』、そんな子供っぽい言葉しか出てこなくて、僕は押し黙る。

「他の営業はもう少しマシな言葉を用意してきたが」

馬鹿にするように言われて、僕は俯いて身を縮こまらせる。

こんなことしか言えないなんて。

すぐに頷いてもらえるとは思わなかったけれど、これでは説得できる日は遠い。でも。

多分、この人の作品を大切に思う気持ちでは、誰にも負けないから。

エドワードのお父さんも、大切な人に贈ったクロフォードのティーカップ。

そんな想いを、僕も大切にしたいから。だから……！

たとえエドワードにとって大切な人になれなくても、僕にとってエドワードは、誰より大切な人だから。

エドワードの……ために。

「どうだ？　尻尾《しっぽ》を巻いて逃げ出すか？」

「いえ」

僕はきっぱりと告げると、真っ直ぐに前を向いた。

「説得できるまで、帰れないんですよね？　だったら、あなたが嫌になって頷くまで、帰りませんから」

挑むように告げる。

すると、ダグラスは驚いたように目を見開き、そして呆《あき》れたように肩を竦めた。

翌日から、僕はダグラスのあとをついて回った。

「あなたが嫌になって頷くまで、説得しますから」

「勝手にしろ」

作業着に着替えた彼に告げれば、彼はさっさと僕に背を向けて仕事場に向かってしまう。

城の隣に併設された作業場に、彼はすたすたと入っていってしまう。

嫌になって頷くまで説得すると言ったものの、仕事には厳しい姿勢で臨《のぞ》んでいるような彼の作業を邪魔することはできなくて、僕は入口で足を止める。

(やっぱり、仕事を邪魔しちゃ悪いよね……?)

作業場には、他の職人もいるみたいだった。

入口で足を止め、部屋に戻ろうとすると、中から再びダグラスが姿を現す。

「何をやってる。さっさと来い」

「い、いいんですか?」

大切な仕事場だというのに、僕が入ってもいいんだろうか。

躊躇するのに、彼から拒否の言葉はない。

「さっさとしろ」

「は、はい！」

ぶっきらぼうだけれど、僕を拒絶していないような背中に、僕は思い切って中に足を踏み入れる。

「すご……い」

足を踏み入れた途端、そこに広がる光景に、僕は感嘆の声を上げる。

きちんと整備された工場で、幾人もの職人が、割り当てられた場所で忙しく作業していた。

何より秀逸なのは、彼らの職人としての技術だ。機械にその作業を任せている工程も多いけれど、そこに材料である特白カオリンを流し込むのも、微妙な分量を調整するのも、職人の仕事だ。

染付《そめつけ》、瑠璃、金蝕《エッチング》、岡染め、金付け…、どの工程に臨む職人の手つきも滑らかで、うっとりと見惚れるほどだ。

卓越した技術を持つ彼ら。その全ての作業工程で超一流の技術を取得するのは、誰でもできることじゃない。

けれど、それができるのが、ダグラス……。

隣に立つ彼を見上げると、彼は相変わらずぶっきらぼうな調子で、こともなげに言った。

「これらは、英国王室からの注文で、晩餐会《ばんさん》で使用する食器だ。五千ピースの注文だったが、急に七千ピースの納品に変わってね。パターンは以前納めたものと同じなんだが」

もしかして、ものすごく忙しい時に、来てしまったんだろうか。

ダグラスは工場の中を進んでいく。

職人たちの作業台は整然としていて、換気も窯の周辺の安全もものすごく配慮されている。

経営者として彼は、部下のことをものすごく考えている人なんじゃないだろうか。

周囲をきょろきょろ見回しながら、彼のあとをついていく。

ふと、工場の奥の小さな部屋の前で、彼が足を止めた。

小さな、小さな部屋で、作業性を重視したかのような、何もない飾り気のない部屋だった。

「あの、ここは…？」

「私の作業場だ」

ここが…？

もっと豪華な部屋で作業することもできるはずなのに、侯爵という身分からも、超一流という評価からも、この部屋は想像できない。

「ダグラス様。研磨の終わったプレートを、部屋に運んでおいてもいいですか？」

「ああ。机の上に置いておいてくれ」

「かしこまりました」

職人の一人が、綺麗に焼き上がった白生地を運んでくる。

彼が机の上にプレートを置いた時、ちらりと隣に鮮やかな色彩が見えた。

(あれは……?)

小さな部屋の中、机の上に繊細な絵が途中まで手描きで描かれたプレートが置かれていた。

プレートの上に温かい薔薇色の花が咲いている。まるで、香りまで伝わってきそうな、みずみずしい美しさ……。

今までのどのパターンにも属さない、新しい模様。そしてその隣になぜか、不似合いに置かれている二ポンド分のコイン。

まさか、あれは。

(新作……?)

目を見開いて、じ…っと見入る僕を、ダグラスが見下ろしている。

「あの、それは……」

僕は驚いて彼に訊ねる。ずっと新作を発表しなかった彼が、新作に取り組んでいる…?

「近所の子供に作っている作品だ」

「え?」

僕は思わず、眉を寄せてしまう。

悪いけれど、彼の作品は子供が払えるような金額ではないと思うから。

すると、ダグラスは僕の困惑を見透かしたように告げる。

「私の作品は馬鹿高いのに、なんで近所の子供なんかが払えるかって？　隣の二ポンドは、今回の料金だ」

僕は驚く。

彼の作品が二ポンドだなんて。

絶対にそんなことはない。

すると彼は言うのだ。

「さあ、二ポンドを高いと思うかどうかは、お前が決めることだ」

彼が精魂こめて作った作品の値段が、二ポンド？

どんな高額な報酬にも、決して頷かない彼が。

「納得いかないって顔をしているな。なんで私が近所の子供のために作品を描いているかって？」

「え、ええ」

どんな営業が高額な条件を出しても、彼はずっと、新作を描いていなかったのに。

「これは彼の病気の祖母のためのものだからさ。子供が働ける仕事なんてないだろうに、近所の掃除をしたとか、新聞配達の手伝いをしたとか、小遣いをもらっては、いらないと言ったのに全部、私のもとに持ってくる」

机の上のプレートは、老齢の婦人が元気になれるような、温かい色合いでまとめられている。

ダグラスは窓の外を見た。今日はまだ、少年は来ていないらしい。

「祖母が私の作品を好きだから、少しでも元気になって欲しいからと。子供は私の作品の値段なんか知らない。ただ、ばあさんが好きっていうのを知っていて、子供心にどうしたら元気になるか、精一杯考えたんだろうよ。だから私は彼のために描き出す。それだけだ」

(――っ…)

彼の言葉が、僕の胸を打つ。

もしかしたら、この人は。

一見、ぶっきらぼうで冷たくて、恐ろしそうにも見える人だけれど、違う。

彼は誰より、温かい心を持っているんじゃないだろうか。

そう、僕が感じた、使い手のことを誰より考えて作られた作品という印象そのままに。

そして彼は、新作を生み出す情熱を、失ったわけじゃない。

「新作、作っていらしたんですね。嬉しいです…!」

僕は言った。けれどダグラスは、迷惑そうな表情を見せた。

(なぜ……?)

不安に僕の表情が陰《かげ》る。

彼の新作を、誰もが待ち望んでいるのに。

「私はもう、新作を作るつもりはない」

「どう…して…っ！」

彼の返事は同じだった。

作れるのに。情熱だって失っていないのに。

初めて会った時、彼の作業着は埃だらけで、今も誠心誠意仕事に取り組んでいるような気がした。なのに。

「どうしてですかっ！　こんなに素晴らしい仕事をされるのに」

できるのに、やらないなんて。

誰もがやりたくてもできる仕事じゃないのに、彼は多くの人に望まれながら、自らその立場を放棄する。

こんなに、彼を待ち望んでいるのに。

僕だって、心から。

「さあな。私は仕事をする気がないというだけだ」

「あなたの新作を待っている人は、いっぱいいます…！」

ダグラスはうるさそうに顔をしかめると、必死で言いつのる僕を置いて部屋を出ていこうとする。

「待って下さい！」

部屋を出ていこうとする彼に、僕は必死で追いすがる。彼の前に回り込む。

「新作を作る情熱がなくなったわけじゃないんでしょう？　本当は新作を作っていらっしゃるんでしょう？　あなたほど素晴らしい作品を作れる人が、作ろうとしないなんて！」

「うるさい！」

「あっ！」

ダグラスが僕の肩を掴んだ。

そのまま、作業場のすぐ横の壁に、両肩を掴まれ身体を押しつけられる。

つい、迸《ほとばし》る情熱が過ぎて、彼の逆鱗《げきりん》に触れたことを知る。

「皆が待っているから？　だからどうだと言うんだ？　私の気持ちはどうなる？　私に仕事をさせるために、誰もがそうやって言葉を飾り、心にもないことを言う。奴らがそう言うのは、その先にある自身の利益のためだけだ。私は利益を生み出すだけの機械じゃない！」

「…っ!!」

目を見開く僕の目の前で、ダグラスは顔を歪め、悔しそうにギリ、と奥の歯を噛み締めた。

僕は彼を傷つけてしまったのかもしれない。

彼もつい、言うつもりもなかったことを告げてしまったかのような、気まずそうな表情をしていた。

もしかしたら、今のが彼が新作を描かなくなった理由……？

これだけの才能を持ちながら、才能があるからこそ、彼のもとには彼を利用し、その利権に目をつけた人間ばかりが、集まって。

彼に無理に作品を描かせようとして。

多分、彼の気持ちなんて考えずに。

(なんてことを…僕は)

僕は青ざめる。

だとしたら、僕はなんて酷いことを彼に強要しようとしていたんだろう。

彼は本当は、病気の祖母のために、硬貨を握り締めてやってくる少年に、絵皿を描いてあげるような優しい人で。

なのに、今まで仕事で訪れた人間たちは、彼が頷かないのは報酬に満足できなかったからだとか、才能がなくなったからだとか、断られた腹いせに、気難しい人間だとかの悪評を流す。

多分、彼はそういうことに傷ついて……。

高額な報酬のために、頷くような人では、なかったんだ……。

「ごめんな…さい……」

僕は目を伏せる。彼のことを、僕は何も分かってはいなかった。

暖かい暖炉のある部屋に泊めてくれた人。アポイントは断ったと言って追い返してもよかったのに、雨が降り出した時、城内に入れてくれた人。

彼を傷つけたのに、傷ついた表情で俯く僕の肩を握る彼の腕に、力がこもる。

「…菜生」

彼が僕の名を呼んだ。低い、美声が辺りに響く。

(え……?)

何……?　どうして、彼の顔が近づいてくるの……?

僕の肩を握り締める腕の力はもっと強くなって……。

「その手を離せ」

「エドワードっ!?」

聞こえる声に驚きながら、僕は声のするほうを向く。

ダグラスの片眉が上がった。

そこには、僕の大切な、そしていつも一番会いたい人がいた。

けれど、エドワードの顔に浮かぶ表情に、僕は背筋を凍らせる。

エドワードは今までに見たことがないような、厳しい表情をしていた。

ダグラスの腕が離れていく……。

「菜生、来なさい」

エドワードに強く促され、僕はエドワードのもとへと駆け寄る。

「エドワード!　…さ、ん。どうしたんですか?　何かあったんですか?」

僕は慌てて付け加える。いつの間にか、彼をこの名で呼ぶことに慣れていた。

彼はベッドの中で、僕を貫きながら、根気強くそう呼ぶように教え込んだから。

エドワードの背後で、執事のセバスチャンが困り切った表情をして立っている。

「ローレンス公爵家のエドワード様です」

エドワードは僕の肩に手を回し、胸の中に抱き込む。

名前を聞いて、ダグラスが軽い驚きを顔に浮かべたような気がした。

「部下と連絡が取れなくなったものでね。心配してやってきた」

どうしよう。迷惑を掛けてしまったんだ。

「すみません……。携帯の電波が繋がらないことを予想していなくて、迷惑を掛けてしまって」

仕事でもエドワードに迷惑を掛けてばかりだ。こんなことでは、彼のために何かを返したいなんて、夢のまた夢かもしれない。

落ち込みそうになって、肩を落とす僕を胸に抱くエドワードの腕に力がこもる。

仕事では彼は僕の上司であり、僕はただの部下だ。

なのにこんなふうに抱き合ったりしたら、怪しまれてしまいそうで、僕は焦ってしまう。

けれど、エドワードの腕は外れない。

「あ、でも、雨が降ると、この城に来る橋が使えなくなるって伺《うかが》ったんですけれど」

どうやってここに来られたんだろう。

「橋が使えなくなる?」

ジロリ、とエドワードがダグラスを睨みつける。

ダグラスは鋭い眼光を受け止める。

二人の間に、火花が散ったような気がした。

「部下が迷惑を掛けたね。帰らせてもらおう。菜生、来るんだ」

肩を抱かれたまま、強引に引きずられそうになって、僕は足に力をこめる。

帰ろうとしない僕に、エドワードが驚いた表情をする。

「どういうことだ？　ダグラス」

エドワードの疑問は僕ではなく、ダグラスに向かう。

（え？　この二人、知り合いなの？）

僕は困惑して二人を見比べる。すると、僕の問いに気づいたようにエドワードが言った。

「たまに、社交界で見かける程度だ」

「言葉は交わしていないがな」

ダグラスもさして親しくなさそうに返す。

「そこの可愛いのは、私を説得するまで帰らないと言っていた」

エドワードの表情が厳しいものになる。

怒ってる…？

その迫力に、僕の身体が竦みそうになる。でも。

「ダグラスさん、あなたを説得するために僕はここに来たんです。あなたに、新作をお願いしたいから。だから、それまでは」

帰らない。

仕事で少しでも、エドワードのために何か返せるようになりたかった。

彼からは温かい気持ちも、何もかももらってばかりで、なのに僕は何も返せない。

心も…身体も捧げても、彼を満足させることはできない。

だから、…正式に大切な人を迎える彼のために。

最後に少しでも…彼の役に立てる何かを残せるように。

「僕はここに残ります。…だから」

「必要ない」

「…ごめんなさい」

エドワードの手を拒否する。すると、ダグラスが勝ち誇ったように言った。

「だそうだ。私を説得する根性がないのなら、お前と仕事をするつもりはない。エドワードと一緒にさっさと帰れ」

「帰りません！」

ダグラスの挑発に、僕も意地になる。

「菜生！」

エドワードが僕の名を呼ぶ。

けれど、僕の意志は変わらない。

「来るんだ」

「嫌です！」

「菜生！」

初めて、エドワードが声を荒げた。その迫力に身が竦みそうになる。僕がエドワードの言葉に逆らったのは、初めてだったかもしれない。


夕食の雰囲気は最悪だった。

結局、どうしても帰ろうとしない僕に、エドワードもこの城に泊まることを決めた。

忙しい人なのに。

帰ると思ったのに、エドワードがまさか泊まることを選ぶとは思わなかった。

夕食では、ダグラスとエドワードは一言も口をきかなかった。

「エドワード様はこちらの部屋をお使い下さい」

セバスチャンがエドワードを部屋に案内する。それは僕に与えられた部屋からずっと遠い場所にあった。

与えられた部屋で一人、ベッドに腰掛ける。

エドワードは本当に、昨夜、連絡が取れなくなった僕を心配して来てくれたんだろうか。

(あんなふうに怒らせるつもりじゃ…なかったのに)

深く落ち込んでしまって、うなだれるしかない。

会えて嬉しかったのに。

彼が同じ城内にいる。

エドワードがそばにいる。

会いたい。…でも。

彼に会いに行くことを躊躇してしまう。

——菜生には言うな。

——大切な方への……。

あの言葉が、僕の胸に棘《とげ》となって突き刺さっている。

大切な人を正式に、迎え入れることになったら、僕は邪魔者だ。

会いたくても、…もう。

会ってはいけないのかもしれない。

エドワードにとって、大切な…大切な人のために。

コンコン。

「はい？」

部屋がノックされ、僕はベッドから立ち上がると扉に向かう。

「どうぞ」

中から扉を開けると、その手をすぐに、外に立っていた人に摑まれる。

そこに立っていたのは。

「エドワード…っ、ん…っ！」

扉が開いたままで、彼の腕の中に閉じ込められる。奪われるような乱暴な仕草で、強引に口唇が重なる。

彼自ら、僕のところに来てくれるなんて。でも。

(どうしたの……？)

なんでこんな、激しい……。

「エ、エドワー…ド…っ…は、ぁ、んん…」

角度を変えて、何度も重ねられる口唇。

そのまま、彼の身体が部屋の中に強引に押し入って、後ろ手に扉が閉まる。

「あ…っ！」

閉まった扉に、背を押しつけられる。

立ったまま、彼の身体が僕に重なる。扉と彼の身体の間に、押さえつけるように閉じ込められる。

彼の指先が僕のジャケットの合わせ目に掛かり、引き裂くように強引に前を割った。

(――っ!!)

ぶつ…っと嫌な音がしてボタンが弾け飛ぶ。

(え…?　な、に…)

僕は青ざめる。

ジャケットもシャツも、彼に引き裂かれてしまう。

「何…どう…し、て」

今までに、エドワードにこんなふうにされたことはなくて、僕は心から震えた。

僕に答えずに、エドワードは僕の素肌を暴いていく。

「跡は…ないな」

露にされた白い肌を、強い眼光が見下ろしている。

「エドワード……」

声が震えた。

会えて嬉しかったのに。いけないと分かっていても。

どうして、…こんなこと。

初めて向けられた強い眼光に、僕は怯えた。

こんな恐ろしげな表情を見せるエドワードも初めてで、僕は動けなくなってしまう。

大切な人のこと。

ここまで来てくれたこと。

聞きたいことはいっぱいあったはずなのに、声が出てこない。

彼の手が、僕のジャケットに掛かった。

僕はびくん！　と身体を竦ませた。

けれど、エドワードは器用に膝を僕の間に埋め込み、僕が逃げられないようにしてしまう。

かちゃかちゃと金属の音がして、ベルトが外される。

スラックスが床に落とされた。

下肢を、露にされる――。

ポケットから取り出された小瓶の中身を滴らせ、エドワードがたっぷりと彼の指を濡らすのが分かった。

「あ、あ…あ…」

怯えながら小刻みに震える僕を、エドワードは冷たい瞳で見下ろしている。

迫力のあるアイスグレイの瞳。それは一層、厳しさを増していて。

エドワードの掌が、僕の太腿を割った。

前から手を差し込むと、まだ熱くなっていない身体に、エドワードが指を捻《ね》じ込む。

「あ、い、やぁ…っ！」

(――っ！)

僕は悲鳴を上げた。でも、僕の恥ずかしい蕾は、エドワードの指を入れられると、彼の指を器用に締めつけてしまう。そう、エドワードに教えられたから。

「狭いな。ここに男を受け入れた形跡は…ないようだな」

(何を言って…るの…？)

何かを確かめるように、エドワードが中を指で抉る。

「あ、あぁっ、いや、いやぁ…っ！」

迫力を漲らせたエドワードに無理やり指を突き立てられて、僕は恐ろしくて泣くことしかできない。

濡らされた指がぐちゅぐちゅと僕の中を掻き回す。

そうされると意志とは裏腹にじんわりと、身体の芯が疼き出して……。

「んっ、ふっ、あ、あ」

「勃ち上がり始めてる。よっぽど君は、ここに男を咥え込むのがいいらしいな」

(酷い……)

僕のいやらしさを詰るような言葉。そして何より冷たい…冷たい態度。

泣いても、嫌だと言っても止めてはくれなくて。

「あぁ、お願い、です。エドワード、こんな酷く、しないで……」

涙交じりの声で、彼に懇願する。

「ここを勃たせているくせに、何を言ってるんだ？　嘘つきだな、君は」

精一杯のお願いも聞き入れまいとするように、口唇は冷たく僕の耳朶を噛む。歯を立てて、肌の上を滑り下りていく。

「あっ、うっ！」

肌に跡をいくつも残すように、強く吸われた。

彼の愛撫を覚えた身体は、どんなに心が傷ついていても、熱くなっていく。

…どうして。

大切な人ならばこんなふうには…きっと。

「あっ、指、いやぁ……」

ひっきりなしに淫猥《いんわい》な音を立て、内壁を掻き回す指から逃れようとしても、身体は既にもっと強い刺激を欲しがるほどにずきずきと疼き出す。

「そんなに締めつけては、私は指を抜くこともできない」

「そん、な…っ、あっ」

はしたない反応を、エドワードが詰る。

「指が嫌なら、何が欲しいんだ？　菜生、君は」

揺らめき出す腰を、エドワードが指摘する。

どうしたんだろう。

今日のエドワードは驚くくらい、冷たくて恐ろしい。

「…解れたようだ」

エドワードが僕の身体の反応を見て、指を引き抜く。

彼を受け入れる準備を整えた身体を指摘され、いたたまれなくなる。

このまま、解放されるわけではないことは、十分、分からされている。

エドワードが立ったまま、彼自身を解放して……。

「やめ、やめて、エドワード。せめて、…ここでは」

扉のすぐ横で。すぐ近くには、ダグラスの部屋があるのに。

繋がったら声をこらえる自信がない。

「私を拒むことは許さない、菜生」

「エドワード…！」

逃げようとする僕の腰を、エドワードは両手で捕《とら》えた。

片足を持ち上げられ、僕の背が凍りつく。

荒々しいといっていい激しさで、彼が僕を抱く。

何が彼をこんなに怒らせたんだろう。

僕がここから帰らないと逆らったから？

でも、それは最後に僕がエドワードにできることだったかもしれなかったから。

（やっぱり、僕では満足させられないのかもしれない……）

じわり、と僕の瞳に涙が浮かぶ。

「お願い、ベッドに。ここじゃ、い、や…あっ」

首を振って抵抗する。

「近くに、ダグラスさんの部屋、が」

声が、出てしまう。聞かれてしまう。僕のはしたない反応を。

言った途端、剛直が僕を引き裂く。

「いやぁぁ…っ！」

僕の瞳に浮かんだ涙が、頬を伝う。

剛直が中に埋め込まれていく。

「あぅ！　あ、あああっ！」

僕はあられもない声を上げた。壁を背につけたまま、僕は正面から彼の楔を受け止める。

（ど、うして…っ、あっ！）

すぐに始まる突き上げに、僕は悲鳴を上げる。

（声が、出ちゃう…）

扉一枚隔《へだ》てて、廊下に声が伝わってしまう。

こんな恥ずかしい声を出して、感じている僕を知られてしまう。

内臓を食い破られるかのような激しさで、エドワードが僕を貫く。

ベッドにも連れていってはもらえずに、不安定な姿勢で彼を受け止めさせられる。

「ああ、ああ、ああぁ…っ」

エドワードは立ったまま、僕を突き上げている。

長い肉棒で最奥まで穿《うが》たれ、立ったまま受け止めさせられる責め苦に、僕は息も絶え絶えになる。

けれど、エドワードによって教え込まれたそこは、穿たれれば彼を締めつけ、快楽を貪ることを覚えてしまっている。

「あ、ああ……」

僕は深い息を吐き、彼を最奥まで受け止めた。息を吐いて彼を受け入れることも彼に教えられ、僕の身体は貫かれれば拒むより、彼に従順に開くようになっている。

「あっ、んっ、あっ」

突き上げられ、僕の身体は彼を全て呑み込んで、彼が快楽を得られるように蠢き出す。

内壁が潤み、甘く熟れていくのが分かった。

大切な人、いつかその人のために、この腕を手放さなければならないのに、どうして僕の身体は受け入れてしまうんだろう。

恥ずかしくていやらしくなってしまった身体を、僕は詰る。

全てを受け入れさせても、エドワードは満足しないみたいだった。

彼の掌が、僕のシャツをさらに暴く。開かれたシャツの中から現れた胸の突起に、エドワードが掌を這わす。

僕の全てに触れて、僕の何もかもを、彼のものにしなければ、気がすまないみたいだった。

「あ、んっ！」

ぐ…っと突き上げながら、彼が僕の胸を揉みたてる。掌で胸元を覆い、荒々しく胸全体を揉みながら、中指と人差し指が尖りを摘み上げる。

胸全体と先端の両方を愛撫され、僕の身体中を狂ったように快楽が駆け巡る。

「胸を愛撫されるのがそんなにいいのか？　菜生」

彼が口にするのは、僕を冷たく詰る言葉ばかりだ。

それが僕を追いつめていく……。

同性なのに、感じるとは思えなかった部分を弄り立てられて、僕は身悶える。

「あ、んっ！」

感じすぎて怖くて、僕は硬く握り込んだ自身の掌を口元に寄せると、上がりすぎる嬌声を抑えるように、指の根元を噛んで耐える。

エドワードは僕の胸を揉みたてて、僕を高みに押し上げながら、逃げようとする僕の腰をしっかりと押さえつけ、肉棒を上下に蠢かせている。

みっちりと咥え込んだ部分は収縮を繰り返し、いやらしい動きで快感を貪っている。

(あ、痺れ……て)

激しい行為に、無理やり快楽と興奮の坩堝《るつぼ》に落とし込まれる。

快楽を味わった身体は、もっと高い極みへと、彼の突き上げを求めるようになる。

「もっと深く君を突いてあげよう」

「ああ、だ、めです…っ、ゆる、ゆるして…あっ、あぁっ！」

根元まで打ち込んだ杭を、エドワードは激しく上下に抜き差しし、僕を追い上げる。

「私に中で動かして欲しいんだろう？　言いなさい、菜生」

僕はふるふると首を振る。するとエドワードはもっと突き上げを激しくする。

「あっ、んっ！　あぁ！　あっ！」

ひっきりなしに上がる濡れた水音は、行為の激しさを物語っているようだ。

激しすぎる求めにも、従順に快楽を感じるようになった僕の身体。

僕の狭い部分には余るような大きさのものを、僕は素直に呑み込めるようになった。

下肢全体が、エドワードのものになったみたい。

細い腰の半分までが、エドワードの杭で満たされたみたい。

突き刺さった杭はものすごい圧迫感と質感を僕に与え、内臓の半分までが彼の肉棒に摩擦される。

「あっあっあっ」

突き上げられると、身体の芯が痺れ、僕は眉を寄せて押し寄せる快楽の波に耐える。

僕の身体も心も全て、エドワードのものにされていると感じる瞬間だ。

エドワードは縦横無尽《じゅうおうむじん》に僕の身体の中を征服し、僕の中で欲望を果たす。

頬を真っ赤に染め上げ、耐えるように噛む指先は、僕自身が口角から零した蜜で濡れている。

(感じすぎて…あ、ああ、もう)

全身が、快楽だけを貪る人形になったみたい。下肢に打ち込まれる楔は勢いをなくすことなく、僕に激しい責め苦を与え続けている。

ぐちゅ…っ、ぐちゅ…っと響く水音は、僕がエドワードに抱かれている証《あかし》だ。

疼きまくるそこを、肉棒で突かれ続けるのはたまらなく…よくて。

「エドワード…あっ、お、ねが」

「なんだ？　どこを突いて欲しいんだ？」

「違う…んです…、立っていられな…」

「だったら、私の腰に足を回してしがみつけばいい」

「だ、め。ベッドに…お願い、です…あんっ！」

何度目かの僕の懇願を拒絶するように、エドワードが強く突いた。

彼の身体もしっとりと汗に濡れている。彼も激しく欲情しているようだ。

僕では…彼を満足させることはできない…のに。

「指も外しなさい」

エドワードは僕が彼を求める言葉以外、聞き入れてはくれないようだった。

彼に命じられ、嬌声を抑えつけていた指先も外される。

途端に始まる、激しい抽挿。

「あ、ああ！　ああ！　ああっ…！」

上がり続ける感じ切った声。嫌悪したくなるくらい感じ切った声は語尾が掠れて、甘い。

情欲の対象にされたような扱いを受けても、激しい突き上げに僕は感じ切っていた。

「う、んっ。あ、ふ、あ、いや、あ…っ！」

立ったまま貫かれていると、体重を受けていつもより深くまで、エドワードの肉楔を呑み込んでしまっているようだった。

こんないやらしい姿で、彼の欲望を受け止めさせられているなんて。

胸元を弄り立てられ、揉まれ、突き刺さった怒張を僕は締めつけている。

双丘の狭間に、猛り切ったものを埋め込まれ、上下させられ柔らかくなった中を突き抜かれ、僕は感じている。

（深い…でも、感じて……）

「嫌じゃないだろう？　君の前は嬉しそうに蜜を零してる」

「言わないで……」

ずるずると肉茎が中を行き来している。そうされて、僕が味わうのは快楽だけだ。

身体中を快感が支配し、達したくてたまらなくなる。

乱暴に扱われても、僕が感じるのは…エドワードだから。

興奮と快楽の坩堝に落とし込まれ、羞恥がそれを増幅させる。

紳士的な彼のものが猛り切り、僕の後孔に出たり入ったりしている。

卑猥で淫猥すぎる光景だけれど、脳髄《のうずい》を痺れさせるほどの快楽だった。

抵抗できず、僕は身体を委《ゆだ》ねるしかない。

「私の首に腕を回しなさい。もっと気持ちよくなりたいだろう？」

低い囁きに幻惑され、僕は彼の首に手を回す。

「そう、いい子だ」

低く笑う声が僕を支配する。

もっと気持ちよく……。

いやらしい命令に素直に従う僕に、エドワードは満足そうだった。

ふいに、エドワードが僕の両足を持ち上げた。身体が宙に浮き、僕は驚いてエドワードの首にしがみつく。

エドワードの首に回した腕と、壁に当たる背、それだけで僕は身体を支えるしかない。

そう思って、それが誤解だったことに気づく。

すぐにある部分に、激しい悦楽が走った。

「え、嘘…っ、エドワード、い、やです…っ」

紳士的な彼のどこに、こんな力があるんだろうと思うほど易々と、彼は僕の身体を支えた。

宙に両足を浮かされ、抱え上げられた僕の体重を真に支えるものは、身体の中央に突き立てられたエドワードの欲望だけだ。

「今、君はどうされているんだ？　いい部分に集中しなさい」

「ああ、そん、な…っ」

ずん、とエドワードが僕を貫く。

突き上げられるたび、不安定な姿勢で腰が浮き上がる。重力の力ですぐに双丘は、待っていた楔の上に落ち込む。

「ああ！」

僕は一際激しい嬌声を上げた。

リズミカルに打ち込む楔に合わせ、浮き上がっては腰は勢いをつけて肉根の上に突き刺さる。

体重全体で、男性の欲望を受け止める姿勢。

こんな激しい快楽があるなんて。

週末に愛し合った時も、身体が敏感になって気を失うほどの快楽の坩堝に落とし込まれた。

でも、今また、それ以上の快楽をエドワードに身体に刻みつけられる。

いやらしいことを繰り返され教えられ、僕の身体は驚くほど感じやすくなった。

「私が欲しいか？　菜生」

アイスグレイの瞳が、情熱的な光を湛えて、僕を見つめている。

「言わなければこのままだ、菜生」

「そんな…っ」

止まる間もない突き上げが続いて、快楽に脳髄までが支配されて、僕はいつも彼に従うしかない。

幾度目かの脅迫に、僕はとうとう、恥ずかしい言葉を口にのせた。

「欲しい…です…」

濡れそぼった瞳で、僕はエドワードを見上げる。

「君は誰のものだ？」

「エドワード…っ、あなたの、もの、です…ああ！」

エドワードのもの、そう言わされながら、僕は彼に貫かれ続ける。

腰を回しながら、上下に突き上げながら、彼が僕の内壁を擦り上げ続ける。

「君はずっと、私のものだ。…一生、離さない」

絶対に。

強い言葉が降ってくる。

大切な人がいるのに。

その人を迎えても、僕のことを抱く…なんて。

エドワードの隣に大切な人が立つ姿を見ながら、彼に抱かれることなんてできない。

(だから、せめて、…僕にできることをしたかったのに)

「明日の朝、君を連れて帰る。二度とここに来ることは許さない」

「お願…、せめて、この仕事、だけは」

「駄目だ、許さない。君は私の腕の中にだけいればいい」

大切な人を正式に迎え入れても、…彼のそばで彼に抱かれ続ける。

そんな立場で…ずっと。

「ずっと私に抱かれてだけいればいい」

彼に仕事でも認められたくて。

足を引っ張りたくなくて。

彼の役に立ちたくて、頑張ってきたのに。

彼のそばにずっといたかったから。

なのに、何も、認めてはもらえない。

「あ、んっ、あ」

抑えることもできずに何度も声を上げさせられ、エドワードのものを締めつけながら、僕は絶頂を極めていく。

「あああ!」

エドワードの吐息を肌に感じながら、もう、僕はぐったりと彼に身を投げ出すしかない。抵抗をやめ突かれ続けられるだけの僕に、エドワードは容赦ない突き込みを繰り返す。

いつもよりずっと長く、そして声を止めることができないように激しく抱かれる。

僕が声を上げさせられている外で……。

誰かが耐えるように、ギリ、と拳を握り締めていたのを僕は知らなかった……。


「今、車を用意させる。君はここで待っているんだ。いいね?」

翌朝、エドワードは僕を部屋から出してはくれなかった。

シャワーを浴びる時もたっぷりと彼に苛められ、身支度を整える時も、彼は片時も僕から目を離さなかった。

食事もセバスチャンに部屋に運ばせた。

クロフォード社のティーポットとカップが、テーブルの上に置かれたままになっている。

僕はカップを手に取ると、ぬくもりを掌に染み込ませ、絵柄を目に焼きつける。

エドワードは僕をこの城に残すことを許さなかった。

このまま、僕を連れて帰ると命じた。

ずっと頑張ってきた仕事も、僕は結局、何も成し遂《と》げることができなかった……。

クロフォードの作品で、イングリッシュ・ローズが飲めたなら。

とびきり大切な時間に、心から大切な人と過ごす、特別な日のお手伝いができたなら。

だから、クロフォードの作品を扱いたかった。

エドワードのために。

仕事でも少しでも何か返せる自分になりたくて。

エドワードに喜んで欲しくて。

彼に捧げたいと思って頑張ってきた、クリスマスプレゼント。

でもそれは、エドワードを怒らせただけだった。

足音が聞こえ、扉が開く。

「エドワード…用意が、…ダグラスさん!?」

「エドワードがどうしても、私を君に会わせようとはしないんでね。私のほうから来させてもらった」

「す、すみません……」

本当は、ここに残ってダグラスを説得したい。

でも、今はここに残るほうが、ダグラスに迷惑を掛けてしまうような気がするから。

「わざと君の喘ぎ声を私に聞かせるように、あの男は君を抱いていたみたいだな」

「そ、そんな…ことは」

酷くうろたえ、瞬時に顔が上気するのが分かった。頰がこれ以上ないくらい赤くなってしまう。

やっぱり、聞かれてしまっていたんだ。

昨晩の激しい情事を、ダグラスに聞かれていたことを知る。

僕はいたたまれなくて、身体を縮こまらせるしかない。

「あいつは本当に君を愛しているのか？　私なら愛する相手にあんな酷いことはしない」

その言葉に、僕は答えられない。

ダグラスから目を逸《そ》らすと、その先にあるテーブルにのるのは、彼の作ったティーカップ。

「こんな素晴らしい作品で、うちの紅茶が飲めたなら。エドワードの役に立てると思ったのに」

ぽつりと僕は呟く。

「だから、頑張ってきたのに」

みっともなく、目頭が熱くなるのが分かった。

「彼の役に立ちたくて頑張ってきたけれど、怒らせてばかりで駄目…みたい…」

与えてもらうだけではなくて、彼に何かを返せるように。

でも、僕でできる全てを捧げても、僕では駄目だった……。

「…君は」

唸《うな》るように、ダグラスが言った。

「どうして、彼にそんなふうに」

「……」

「なんでそこまであの男に尽くす必要がある？　あの男は君に酷い真似をしてばかりなのに」

「いいえ…！」

酷いことばかり、そう言われて僕は思わず否定してしまいはっとなる。

ダグラスは僕を心配してくれたのに。

そして、エドワードのことを誤解されたくなくて。

「エドワードは、酷い人じゃありません……」

僕は言った。

「初めて英国に来た時、僕はたった一人の身内である祖父にも誤解されて独りぼっちでした。仕事も…利益のために顧客を犠牲にするような会社で、何もできない自分を歯痒く思っていました」

そんな時、僕に思いやりと、温かい気持ちをくれたのが、エドワードだったんだ。

祖父のことも、母と父の思い出も、砂糖菓子のような甘さで包み込み、僕に幸せを運んでくれた。

言いながら、自分で言った言葉が僕の胸に染み込んでいく。

僕よりずっと大切な人がエドワードにできても、僕は彼が……。

「亡くなった両親を結びつけた紅茶、そして、大切な人と過ごす温かい幸せな時間を届けたいから、誰かの役に立ちたいから。そう思って仕事も頑張ってきました」

大切な誰かのために。

少しでも幸せにしたいから。

誰かが少しでも僕の仕事で幸せを感じてくれたなら。

それが僕の願いであり幸せだから。…でも。

「ごめんなさい……」

「何がだ？」

僕が頭を下げると、ダグラスが不思議そうに眉を寄せる。

「僕の勝手な押しつけで、あなたのことを何も考えていなかった。あなたの幸せのこと。僕は無理にあなたに新作を描かせようとして」

ダグラスの表情に、強い何かが浮かんだような気がした。

それは彼の頑《かたく》なな何かを、揺さぶるような。

「エドワードは、あなたのことをとても認めていました。僕が出張に向かうのも、仕事に行くのも、今回の件も応援してくれていたんです」

そして、僕は続ける。エドワードの大切な両親が、クロフォードのテーブルウェアを、正式な婚礼の際に用意したこと。

エドワードは誰より素晴らしい人だから。

僕のことは嫌いになっても、彼のことは誤解しないで欲しい。

「あなたの作品は素晴らしいから。あなたの作品は、大切な誰かを、幸せにできる、そんな作品なんです。僕は心から、…あなたの作品が好き…です」

そして、それだけは伝えさせて欲しい。

僕では、彼を説得できなくても。

彼は深く、傷ついていたはずだから。

でも、新作を売るためなんかではなく、心から彼の作品を愛する人がいることも、そしてそれを大切にしている人がいることも、伝えたい。

「いつか、…エドワードもきっと、大切な人を正式に迎え入れる時に、あなたにお願いすると思います。そうしたら、…どうか、いつか」

今回の僕の願いは聞き入れてはもらえなくても。

近所の少年が病気の祖母のために願ったように、僕自身ではなく僕以外の、本当に幸せにしたい人のために僕は願う。

たとえ、叶わなくても。

すると、ダグラスは深い溜息をついた。

「どうやら、君たちの間に私の入り込む余地はないようだな」

「え……？」

「来るんだ」

「あっ！」

ダグラスが僕の腕を摑む。

「エドワードが…っ」

どうしよう。勝手に出て行って、彼をまた、怒らせたら。

「君を傷つけさせはしない。安心しろ」

その言葉をなぜか、拒絶することはできなかった。

有無《うむ》を言わせず、ダグラスが僕の手を引いて、外に連れ出していく。

ダグラスが僕を連れていったのは、城のすぐ隣の、彼の作業部屋だった。

そこには、美しい花の図案が描かれた紙が、幾つも散らばっていた。

小花を散らしたもの、シンプルに中央にだけ絵がのせられたもの、優雅なシェイプをデザインしたもの、どれも息を呑むくらい美しいモチーフが、描き出されている。

（なんて綺麗……）

紙の上に描き出されただけでこれだけの感動を受けるのなら、乳白色の生地に色がのせられたなら。彩色を施して、丁寧に焼き上げられたなら、きっともっと美しいに違いない。

（あれは…）

どのデザインのモチーフも、描き出されているのは菜の花みたいだった。

デザイン画をじっと見つめる僕の横で、ダグラスは静かに口を開いた。

「私はずっと、他人の利益のためだけに、自分の才能を使われる人生に辟易《へきえき》していた」

低い美声、それは初めて聞いた時よりずっと穏やかだ。

激情も、僕を傷つける意志もなくて、僕は黙って彼を見上げる。

「私はうちの職人たち、その家族を養っていければそれで十分だ。利益を上げるために経営規模を広げようとは思わない。だがお前のような企業の人間が何人もやってきて、どうしても必要だからと、私を説得しようとした。最初のうちは、私も私の能力が必要ならと、精一杯努力した。だが、納品し収益が上がるほど、もっと売れる作品を作れ、売れている図案はこういうものだからと、私の意志などお構いなしに、私に売れる作品だけを作らせようとした」

――私は利益を生み出すだけの機械じゃない！

僕の心がずきりと痛む。

今まで彼を傷つけてきた営業と、僕は同じことをしようとしてしまった。

「私が人生をそぎ落とすようにして作り上げた作品も、金目的の奴らにとっては食うため、自分が遊ぶための金稼ぎにしかならない。どんなに熱心に足を運んだように見える営業も、描き上げて納品した途端それきりだ。私は自分の人生を、他人に振り回されない人生を、歩もうとした」

この人の情熱に向き合うだけの情熱を、誰も彼に注ごうとはしなかった。

上辺だけの言葉で、仕事さえさせればいいという人間が、どれほど彼の周囲に群がったのだろう。

有能すぎるからこそ、誰も彼の才能を放っておかない。有能だからこその悲劇だ。

利権にばかり群がって。

「無理やりやりたくもない仕事をやらされて、人生を食い物にされてる気がした。好きだった仕事のはずなのに、どんどん嫌いになっていった。どれほど努力しても、私の気持ちは伝わりはしない。だから、私は自分の意欲が掻き立てられる仕事しかしない。二ポンドを握り締めてやってくる少年、その心に打たれたから、私は彼のために作品を作る。私が真に心から打ち込める作品というのは、そういう作品だ」

この人の仕事への原動力は……。

高額な報酬とかではなくて。

自身の職人たちを守ろうとする気概《きがい》のある人で。

「私は、人の心でしか動かない。…お前のように」

（っ！）

今、もしかしてダグラスは僕を認めてくれた……？

「こいつのためになんとかしてやりたい、そういう気持ちが何より大切なのに、皆分かっちゃいない。金や名声、そんな餌をぶら下げて、そんなものと引き換えに、私の心を動かそうとした奴ばかりだ。私はそんなものでは心を動かされはしない。真にやりたいと思える仕事に出会えることと、そうしたら、金なんてなくても私は引き受ける」

（なんて……）

この人は、すごい人なんだろう。

純粋に仕事を愛してる。

そして、誰より仕事に真摯《しんし》に向き合っている。

この人の作品から感動を受けるのは、そこに大切な魂が吹き込まれているから。

この人の命が、注ぎ込まれているから。

「君は私のこともちゃんと考えようとした。私がなぜ新作を作らないのか、私にとっての幸せは何かを考えようとして、その上で、私の仕事を心から望んでくれた。そして、私益ではなく君にとって大切な人のため、という理由で」

彼は言葉を区切る。

「The《ザ》 gift《ギフト》 of《オブ》 magi《メイジャイ》…か」

ダグラスは小さな溜息をつく。

「The gift of magi《賢者の贈りもの》……?」

それは、夫の懐中時計に合う金の鎖を買うために、金の髪を売ってしまった妻と、愛する妻の髪に似合う髪飾りを買うために、大切な懐中時計を売ってしまった夫の話。

互いを思いやるあまり秘密を作り、でも愛し合う二人の思いやり溢れる尊い話。

でもそれが…どうして今の話の中に出てくるんだろう。

「まったく馬鹿だな。互いを大切にするあまり、互いを傷つけ合うなんて」

言いながら、ダグラスが図案の横から透かしの入った青い便箋《びんせん》を取り出す。

(あれ…? それは)

繊細な金の紋様が入ったそれに、僕は身覚えがある。

「この図案はある貴族から婚礼の証として、大切な人に捧げるためのシリーズを依頼されたから取り組んでいるものだ。正式に公爵家に迎え入れるための準備を、進めているからと」

公爵家。そう幾つもない家柄で、エドワードと似たような出来事があるなんて。

「その愛情の深さに心打たれたから、今は新しいシリーズは引き受けてはいなかったが、私はその気持ちのために仕事をしようとした。だが最後のイメージが湧かず、どうしたらいいものか悩んでいた。ヒントがあまりに少なすぎるのでね。菜の花の名を持つ美しい人で、同封してある紅茶に合うような、そんな作品をと言われても」

「え……？」

ダグラスが便箋の後ろから、金で印刷されたカードを取り出す。

Nao Kohno――

名前の意味は、春に可憐《かれん》に咲く菜の花の意、清楚で優しくて、周囲の人を温かくする、そんな優しい作品を。

そう、書かれた依頼とともにあるのは、エドワードのサイン。

同封されている紅茶は、…ブロッサム・フレグランスだ。

「クリスマスまでに間に合わせて欲しいと。内緒にして驚かせたいからと」

まさか、まさか…！

――そのことは、菜生には言うな。

――大切な方への、プレゼントですか。

「彼の母親が嫁いだ時に用意したシリーズの図案は、まだこの城に残っている。その図案で揃えるのなら容易だったんだが、どうしても新しいものを君のために用意したいと」

――彼女のためのオーダーは向こうに残っているそうだ。

彼女。エドワードの大切な……。

それは、もしかして、新しいエドワードの婚約者ではなく。

「エドワード…そんな…」

僕は呆然と呟く。

彼が僕に作った秘密。

それは素敵なクリスマスプレゼント。

胸が、胸が痛くて、苦しい。

ぎゅっと鷲掴《わしづか》みにされたような痛みが、全身に広がっていく。

嬉しくて切なくて、そして…彼を信じられなかった自分への嫌悪と。

こんな僕がそばにいても、いいのかと。

彼に相応しいとは思えないのに。

(エドワードが…好き……)

愛してる。心から。

でも、だからこそどこかで、彼を本当に幸せにするために、いつか身を引かなければならない日がくるだろうと思っていた……。なのに。

「正式に…なんて」

今の僕では、素直に頷くことなんてできない。

こんな僕が、そばにいてはいけない。

もっと相応しくなれる、その時までは。

「私なら、君に優しくしてやれるのにな」

目を潤ませる僕を、ダグラスが見つめる。僕を見つめる瞳の奥に、熱い何かが浮かぶ。

——入り込む余地はない、か。

深い溜息とともに、僕にエドワードの気持ちを教えてくれた。

…もしかしたら。

(ううん)

頭に浮かぶ可能性を僕は否定する。

僕なんかにダグラスが本気になるわけないのに。

——跡は？　ないな。

もしかしてあの言葉は、エドワードは嫉妬《しっと》してくれていた……？

僕の一番大切な、誰より大切なエドワードのために、僕はここに来た……。

そしてエドワードも、僕にクリスマスプレゼントを用意しようとしてくれていて。

僕が頑張ろうとしている仕事だったから、エドワードは僕の頑張っている気持ちを傷つけたくなくて、言わなかったのかもしれない。

僕が必死に努力してもダグラスに頷いてもらえなかった仕事を、エドワードは依頼していたから。

互いを大切にするあまり誤解し合って、彼を傷つけていたなんて、…馬鹿みたいだ……。

「菜生」

ダグラスの手が僕の肩に触れそうになった時、大好きな人が僕を迎えに来てくれる。

威風堂々《いふうどうどう》とした姿で、ダグラスが僕の隣に立っていてものともせずに。

誰よりも格好よくて、僕の幸せを考えてくれる人。

「エドワード…！」

こんな、馬鹿な僕でも。

「来なさい。君を幸せにするのは、私の役目だ」

(っ!!)

意志の強さを感じさせる言葉が告げられる。

素直に胸に飛び込むのを躊躇する僕を、力強い腕が引き寄せる。

僕は彼の胸に飛び込んだ。

抱き締められる――。

「菜生。すまなかった……。君に大切なことを告げていなかったことも、君を不安にさせていたことも」

「いいえ、いいえ…！」

彼を信じ切れなかったこと、一度でも彼を疑ってしまったことを、僕こそ許して欲しい。

「私の醜《みにく》い独占欲だ。君の意志を無視しても、君を私のもとに縛りつけておきたかった。私はダグラスに嫉妬していた」

（本当に…？　そんなに、…僕を）

すると、エドワードは二度と僕を離すまいというように抱き締める。

彼がそんなにも情熱的に僕を愛してくれていたなんて。

「君を誰より幸せにしたい。いいね？」

（っ！）

僕の胸を熱いものが満たす。

ここが僕の居場所。

エドワードを幸せにしたい。

それが僕の使命。

人を大切にする心が、人を動かす。

何より大切な、そんな幸せと感動を、いつも与えてくれる人。

素敵な秘密を作ってくれていたエドワード。

彼の気持ちを理解せずに、彼を傷つけてしまうところだった。

誰よりも僕のことを考えてくれて、誰よりも僕の幸せを考えてくれる人。

「僕にも、あなたを幸せにさせてください……」

あなたが、よければ。

彼に全てを委ねることを、恐れていた僕。

自分が傷つくのが怖くて、どこかで彼の全てを受け止めることから、逃げようとしていたのかもしれない。

自分に自信がなかったから。

でも、これからは。

その言葉を聞き届けると、抱き合う僕たちの後ろで、足音が遠ざかっていく。

◆
◇
◆

ホワイトクリスマス――。

「見て、エドワード。雪が降り始めてる」

「窓際は寒いだろう？」

言いながら、窓際に立つ僕を、エドワードが腕の中に抱き込む。

「あなたが抱き締めるから、寒くないです…」

彼の腕に、僕は腕を回す。

ドアにはクリスマスリース、窓際にはクリスマスツリー、木の下には色とりどりのクリスマスプレゼントが置いてある。

クリスマスのアイテムに、綺麗に飾りつけられた室内は暖炉の火が赤々と燃えていて、真っ白なテーブルカバーの掛けられたダイニングテーブルには、僕を驚かせようとしたのか、料理長が腕を振るった料理やデザートがところ狭しと並べられ、用意されていた。

イチゴやベリーをふんだんに使ったケーキには、パウダーシュガーが雪のように散らされている。

この日のために何度もマーマレードを塗って焼き上げたハム、レモンとポレンタのショートブレッド、クリスマスプディングをベースに、オレンジジュースとラムブランデーを混ぜたトリュフチョコレート。

半年も前からブランデーに漬けたフルーツケーキは、火をつけられ青い炎を燃え立たせ、レーズンカラント、シナモン、アーモンドの入った小さなミンスパイが周囲に綺麗に飾られていた。

クリスマスプディングを用意して、ミンスパイを食べるイギリスの習慣、今年は大好きな人とその日を過ごす。

典型的なお城の素敵な英国式クリスマス。

しかもホワイトクリスマス。

白いテーブルクロスの上には、磨き抜かれたシルバーのカトラリーと、クリスタルのグラスがまるで、氷と雪のような美しさで整えられていて。

幻想的で夢のような情景が目の前に広がっている。

そして、僕を包み込む腕の温かさ。

心から温かくなる幸せを、彼のぬくもりとともに抱き締める。

大切な日を一緒に過ごす相手に、彼は僕を選んでくれた。

「エドワード様、お届け物でございます」

ローレンス家の執事、ヒューが大きな包みを抱えて現れる。

僕は慌てて、エドワードの腕に回していた自分の手を引っ込める。

エドワードも無理強いはせず、僕を腕の中から解放する。

「菜生様にです」

ヒューはテーブルの上に綺麗にラッピングされた包みを置いた。

「僕に…？」

不思議に思って眉を寄せながら宛名を見れば、送り主はダグラス・クロフォード。

「ダグラスさん…？」

どうしよう。いいのかな。

彼の才能を認めてはいても、彼自身にはあまりいい感情を持っていないらしいエドワードを窺えば、彼は構わないと言いたげに僕に視線を寄越す。

リボンを解いて、箱の中から現れたのは。

「わあ……」

僕は思わず、歓声を上げる。

愛らしく柔らかな雰囲気のティーセット。優美なフォルムを抱くティーカップにティーポット、こんなコレクションでお茶が出てきたら、どんなに温かいティータイムを送れるだろうか。

一筆一筆、繊細な絵付けが施されたプレートは、芸術品にまでその価値を高めている。

今までに見たことがないような、最高のシリーズ。

プレートの上に置かれていたのは、クリスマスカード。

『ローレンス公爵家に迎えられる貴方に捧ぐ――』

「これは君のものだ、菜生」

胸がじん、と熱くなる。

エドワードが内緒で準備してくれていた、僕を迎え入れるための――。

代々の公爵が大切な人を正式に迎えるために準備してきたように、新しいシリーズが、僕のもとに届く。

そして僕はこの家に、エドワードによってクリスマス、祖父の住む家から正式に迎え入れられた。

これからは、ここが僕のいる場所。

「エドワード…」

思わず、目頭が熱くなる。

「秘密を作ってすまなかった」

エドワードが僕をそっと抱き寄せる。

エドワードが用意してくれていた、幸せな秘密。

ふと見ると、カードの隅に小さく別の文字が描かれている。

『エドワード、君のためじゃない。菜生のためだから』

そんなメッセージが端のほうに小さく記されていた。

「ダグラスさん」

くすり、と僕は笑う。でも、何より嬉しかったのは、その後に記されていた言葉。

「あ、これ、見て下さい」

嬉しくて、思わずエドワードに告げる。

『久しぶりに新作のシリーズに取り組んでみようと思うよ。ロイヤル・グレイ社の紅茶が合うようなシリーズをね』

もしかしたら、彼の作品をロイヤル・グレイ社で扱える？

僕は、彼の心を動かせたんだろうか……？

人を大切にしようという気持ちが、人を動かすと言っていた彼を。

彼が精魂《せいこん》こめて作った作品を、僕も心から大切にするから。

どうか、ダグラスさんが幸せでありますように。

「今は、私のことだけ考えていなさい、菜生」

いつまでも食器から目を離さない僕に、焦れたようにエドワードが背後から抱き締める。

ヒューはいつの間にか姿を消して、ここには僕とエドワード、二人だけしかいない。

彼の口唇が僕の髪に、頬に落ちてくる。

「これからはずっと一緒だ」

「…ずっと一緒にいられるのに」

求めようとする彼に、甘く僕は口唇を尖らせる。

週末しか会えなかった以前とは違う。

僕は朝が来ても、帰らなくていい。

そして毎日、彼のもとに帰る。

「君のお祖父様も来られたらよかったんだが」

彼とずっと一緒にいるために、エドワードは僕に秘密をいっぱい用意してくれていた。

もし祖父が仕事でなければ、他に身寄りのない彼を僕は放ってはおけない。

かけがえのない家族とともに、僕はクリスマスを過ごすことを選んだ。

僕が週末しかエドワードに会えなかった理由、祖父を放っておけなかったこと。

でも今、祖父は城の一角に住んでいる。この城の庭の作成を、依頼されたから。この城の広大な庭を任されて、思い出の家はそのままに、新しい仕事に燃えている。

それが、エドワードが僕に内緒にしていたもう一つの秘密。

祖父を案じる僕の気持ちも理解してくれて、祖父のことも、僕のことも、全てを幸せにしようと心を砕いてくれる。

僕はもう祖父を案じることもなく、エドワードのそばにいられる。

僕の大切な人を皆幸せに。

ずっと一緒に。

誰より僕の幸せを考えてくれる人。

僕も彼を誰より幸せにしたいから。

柔らかく口づけられて、僕は彼の腕の中で力を抜いていく。


「さあ、菜生。足を開いて」

雪降る聖夜――。

エドワードは僕を寝室に連れていき、抱き上げて僕をベッドの上に下ろした。

何度も達してしまいそうなほどに甘い愛撫が繰り返され、蕾も既に濡らされ蜜を滴らせている。

「……」

やっぱり恥ずかしくてたまらないけれど、僕はおずおずと足を開いていく。彼と繋がるために。

すると、僕の狭間にぐぅっと逞しいものが突き立てられる。

彼の太い固いものが、僕の中に入ってくる。

(ああ……エドワード……)

彼が僕を求めてくれる。全身で彼を受け止めるのが嬉しい。

全てを埋め込むと、エドワードが力強く僕を突き上げ始める。

「あっ、あっ、ああ…」

僕のいい場所を突き止めた彼は、そこを擦り上げ、僕を快楽の淵に落とし込もうとする。

「あんっ！　あ、あっ」

彼の突き上げにずり上がる身体を、より深く腰が密着するように引き戻される。

「素直に感じていなさい。私の身体の下で喘ぐ君は可愛いよ、菜生」

エドワードが僕のいやらしく喘ぐ顔を見ている。

「んっ！　はっ…あ、ああ！」

激しく何度も突き上げられて、感じすぎてしまう自分が怖くて、膝を閉じようとしてしまうと、膝裏に手を挟み込まれ、ぐ…っと左右に大きく広げられた。

シーツに膝がつくくらい大きく両足を広げられ、エドワードの屹立が深々と中に突き刺さる。

「ひぅ…っ、あ、あ！」

埋め込まれた肉楔が、体内に深々と消えていくのが見えた。エドワードが激しく僕の下肢を揺さぶり、上から何度も肉根を打ち込んでいく。

「あ、あっ」

エドワードの全てを受け入れると決めたのに、感じすぎて怖いから。

だから逃げようとしてしまうと、彼の行為が激しくなっていく。

彼の秘密は全て解けたけれども、僕のたった一つの不安は、まだ解けてはいない。

それは……。

「逃がさない。君は私のものだ」

彼が僕を貫いたまま、顔の両側に両手をつく。

「エドワード…、ごめんな、さ…」

ぐっぐっと腰を突き上げながら、責めるような瞳が僕を見下ろす。

喘ぎながら、僕は泣いた。

愛しているのに、彼の全てを受け入れると決めたのに、やっぱり突き上げられれば…怖くて。

「何がだ？」

泣きながら謝る僕に、エドワードが戸惑った様子を見せる。

「だ、って、あっ」

エドワードが僕の言葉の先を促すように、腰を回した。

みっちりと埋め込まれた屹立が、僕の中を掻き回し、激しい快楽が走って言葉どころではなくなってしまう。

話そうとするのに蠢き続ける屹立から生まれる快楽を堪え、僕は必死で続けた。

「僕が拙い反応しかできないから。僕で満足できないんでしょう…？　だから」

すると、初めてエドワードが動きを止めた。

「なんでそんなことを」

困惑の浮かぶエドワードの表情を初めて見た。

「だって。初めて…あなたと身体を重ねた頃はすごく優しかったのに。最近のあなたは僕が気を失いそうになっても僕を離してくれなくて。何度僕を抱いても、ま、満足しないみたいだったから」

放出しても放出しても、エドワードのものは勢いを取り戻して、僕を責め立てる。だから。

（え、嘘……）

ぐぐっとエドワードのものが、さらに体内で大きくなるのが分かった。

「エドワード…っ」

焦る僕に、エドワードは再び律動を繰り返す。

「本当に可愛いな、君は」

エドワードの腰の動きが激しくなる。さっきよりもずっといやらしい動きで、僕を追い上げていく。

「あっ、あ！　あ！」

「私が何度も君を求めるのは、君が可愛いすぎるからだよ。壊さないように気をつけていたのに」

「うそ…あっ、こ、んな」

こんなに激しいのに、それでも優しくしてくれていたなんて。

「君が可愛いからつい、苛めたくなる。君も前より慣れてきたみたいだったからね。もっと感じさせようと思ったのに、君にはまだ、刺激が強すぎたようだ。だが、君が不安に思うのなら、そんな不安を感じさせないくらい、強く君を抱く」

「そんな…っ」

彼が僕を激しく抱いていたのは、満足できなかったわけではなく、僕に欲情をつのらせていたから……？

知的でクールな、誰より紳士的なこの人が。

「今夜は朝まで寝られないと思いなさい」

「あ、ああっ！」

「そんな可愛いことを言う君が悪いんだよ、菜生」

抗議は口づけによって塞がれる。

「これからは、毎日こうして、いっぱい愛してあげよう」

「エドワード…、あー…っ」

言葉も交わせないくらい激しく肉根を出し入れされ、僕の意識が快楽だけに塗り込められていく。

週末だけではなく、これからずっと、いつも愛し合えるのだから、少しは優しくしてくれるかもと思ったのに。

（こんなに激しく…毎日……？）

一抹の不安が胸を過《よぎ》る。

けれど激しい律動が繰り返された後に、注ぎ込まれる彼の熱い迸りを体内で受け止めると、ご褒美《ほうび》のようにエドワードの口唇が僕の口唇に重なって。

眦《まなじり》に浮かぶ涙も、優しく拭ってくれる彼の口唇から、エドワードの気持ちが伝わってくるような気がするから。

愛されて、誰より大切にここに迎え入れられて、幸福に包まれる。

僕だけではなく、祖父も、周りの全ての人の幸せを考えてくれて、それを実現する力を持った

人。
いつか、本当にあなたに相応しい人になれるように。
最高のクリスマスプレゼントをいつか用意できるようになりたいと言えば、
「君自身をくれることが、最高のクリスマスプレゼントだよ」
恥ずかしくも甘い言葉とともに、エドワードが僕を抱き締める。
外は雪が降っていても、抱き合う僕たちの体温は全ての雪を解かすくらい熱い。
甘い、甘いクリスマスの夜は更けていく。

happily ever after♪

英国探偵2

十三世紀に創設された名門男子校、ヘンリーミンスター・スクール――。

そこに通う生徒は、燕尾服《えんびふく》の制服を着用することを義務づけられている、名門中の名門校だ。

選ばれた奨学金授与者を始め、多くの男子生徒は寮生活を送っている。

「調《しらべ》、こっちだ」

先に席に着いていたノーマンが、腰を浮かすと軽く手を上げて調を呼ぶ。

「うん」

ノーマンの呼びかけに、素直に調は頷《うなず》いてみせる。ノーマンの正面にトレイを置いて着席すると、可愛らしい笑顔で微笑む。

「席取っておいてくれて、ありがと」

昼食時、多くの生徒が食堂に集まっている。古びた食堂はおごそかな雰囲気に包まれ、歴史を感じさせる。大きな講堂ほどの広さのそこは、天井も高く、その下に取りつけられた窓からは、流れるグレーの雲が見える。歴史ある建物には、明るい太陽の下よりも、薄暗い光のほうが似合う気がした。

「たったそれだけか？」

調の正面に置かれたトレイを見て、ノーマンが不満を口にする。

「そう。少ない？」

調はノーマンが何に眉を寄せたのか、分からないといったように首をかしげてみせる。

その様子も可愛らしくて、ノーマンはうっと詰まる。

調のトレイには、レモンソースのかかった鱈《たら》だけが載っている。逆にノーマンのトレイには、レッドカラントゼリーをたっぷりかけた雉《きじ》の蒸し焼きと、シェパーズパイと、ヨークシャー・プディング、デザートにシェリートライフルまで載っている。

育ち盛りの高校二年生だ。このくらい簡単に平らげることができる。調が少なすぎるのだ。

「そんなんじゃ、貧血でも起こして倒れるぞ」

「大丈夫だよ」

調は気にしていないらしい。だから、ノーマンは心配なのだ。倒れたときにそばにいるのが自分ならばいいが、下手な男がそばにいて調を抱き上げでもしたら、見ていられない。

「ノーマン、隣、空いてるか？　向こうの席が埋まってて。やっぱりここだけすいてるよな」

「ああ、来いよ」

ノーマンの親友、ジュードが調の隣にやってくる。

「本当だ。何で僕たちの周りだけ皆来ないんだろう」

調は不思議そうに周囲を見回している。

ジュードとノーマンは顔を見合わせると、苦笑いをしながら肩を竦《すく》める。

ノーマンと調は、その格好良さと美しさで全校生徒の憧れを一身に集めている。皆が遠巻きにして、近づきがたいほどの憧れの二人として認知されているのだ。

だがそれに気づいていないのは、調だけらしい。

そういうところも、ノーマンは気に入っている。そして自分の気持ちに気づかない、調の鈍《にぶ》いところも。だがまだ、調は恋愛には奥手らしかったから、無理に奪わずゆっくりと、彼の気持ちが育つのを待つつもりだった。

鱈を可愛らしく口に運んでいる調を見て、ノーマンは目を細める。ふとその後ろで、不自然な動きでトレイを運びながら歩く生徒が、ノーマンの目に入る。

「クレメンス？」

呟《つぶや》けば調がつられてノーマンの視線を追うように背後を振り返る。同じ二年生のクレメンスはある男子生徒に近づく。男子生徒は背を向けているせいで、クレメンスに気づかない。

そのとき、ドン、とクレメンスがわざとらしくその生徒にぶつかった。

「あ…っ」

生徒は驚いた声を上げるが、背を向けていたせいでよけられるわけもなく、トレイに載っていたグラスが倒れ、せっかくの料理の上に水が零《こぼ》れてしまう。もうこれでは食べられない。

「あいつ、またか」

ノーマンは眉をひそめた。クレメンスが同学年のその生徒・アンディを苛《いじ》めているという噂は、前から二年生の間で囁かれていたけれど、どうやら本当だったらしい。自分が苛めているという証拠は掴ませずに、偶然を装ったりして陰でこっそり苛めるやり方だ。

「クレメンスは可愛い顔をしてるくせに、性格は底意地が悪いからな」

ジュードも不愉快そうだ。

「アンディは優しいし人気もあるから、クレメンスは許せないんじゃないか？　周りが自分に興味を向けていないと気が済まないんだろう。自分だって十分可愛いって言われてるのに、他にもっと美人がいると、面白くないのかもな。たまにいるだろう、そういう奴。相手を苛めたからって、自分がもっと可愛いって評価をもらえるわけでもないのに。もし万が一アンディがいなくなったとしても、また別のもっと可愛い奴が、新しく現れるだけさ」

ジュードの意見は手厳しい。眼鏡を掛けた優等生然とした彼は、外見通り世の中の摂理を分析することに長《た》けている。

「そういう意地の悪い奴に目をつけられるなんて、アンディも気の毒だな。目立つくらい美人ってのもいいことばかりじゃないな」

ノーマンは気の毒そうにアンディを眺めた。

クレメンスの後ろには、バリーが立っている。

バリーはクレメンスの恋人だ。バリーは背も高く外見は抜群に整っている。外見だけは。

「それればかりじゃない。どうやらアンディはバリーに片想いしてるみたいなんだな」

「本当か？」

ジュードの指摘に、ノーマンは目を丸くする。

「だがバリーはクレメンスにぞっこんだ。今、バリーはクレメンスのもの。そのことをクレメンスはアンディに見せびらかしたくてたまらないんだろう。優越感を誇示したくて仕方ないんじゃないか？」

持たないものを持っている人間が誇示し、優越感をひけらかす。クレメンスの顔に浮かぶ狭量《きょう りょう》さと醜《みにく》さに、ノーマンは顔をしかめる。力を持つ者が持たない者を苛め抜く、弱い者苛めをする人間ほど矮小《わいしょう》なものはこの世にないと、ノーマンは常々思っている。

「おっと、アンディにもナイトが登場だ。幼馴染《おさななじ》みだったっけ」

アンディから水の零れたトレイを、ダレルが取り上げる。そのまま、アンディを促すようにその場から連れ出していく。何も言わないアンディを見ながら、クレメンスが馬鹿にしたように鼻を鳴らした。ダレルも寡黙で、人を攻撃したりはしないタイプだ。言い返さないことを、気が弱いとでも思ってクレメンスは見下しているのかもしれない。

「幼馴染みだけど、アンディは綺麗《きれい》で隠れた人気も高いし。それに比べてダレルはどうしても、隣に立つと、地味な印象を受けるかな」

ジュードの鋭い批評を聞きながら、去っていくダレルの後ろ姿を見て、ふと、ノーマンはダレルはバリーに似ているかもしれないと思った。ダレルも背が高く、よく見ればあの二人は、背格好が似ている。

「アンディも可哀そうだな、だが」

ジュードは言葉を切ると、言った。

「悪いことをしている奴ってのは、どこかできっと、その報いを受けるものさ。人を傷つけた波動は、より大きな悪い波動になって、自分に返ってくる。人を苛める奴ってのは、逆に俺は見てはらはらする。もっと悪いことが、苛めた奴に起こりそうで」

ジュードは本当に心配しているようだった。

そのとき、天窓に強い雨が打ちつける。遠くで雷鳴が轟《とどろ》く。

「何かが、起こるような気がする」

「やめろよ」

不安そうに表情を曇らせる調を案じ、ノーマンはジュードを制止する。

本当に何かが起こりそうな気がした。

◇◇◇　Lesson：A？　A↓B↓C↓D

「まったく、今日はお茶をゆっくり飲む時間もないなんてな」

助手席にジェイが深く身を埋める。時永《じえい》刻《きざむ》は日本人でありながら、ロンドンで探偵として事務所を構えている。本名をもじり親しみを込めて、ジャックは刻を〝ジェイ〟と呼んでいる。

仕事の依頼があったことよりも、お茶の時間を邪魔されたことのほうが、この男には酷く大きな問題らしい。

(だったら俺の休暇はどうなるんだ)

そう思ったが、ジャックは口には出さない。そんなことを言えば、…どんな恐ろしい仕打ちをされるか分からない。

車を運転するのはジャックだ。

多忙を極めるロンドン警視庁《スコットランドヤード》の警部として、久しぶりの休暇。

非番の日にやっとのんびりできる、と思っていたところをジャックは呼び出されたのだ。

『旨《うま》い飯でも食べに行きたいなあ』

寝ぼけ眼《まなこ》で取った電話は、それだけを告げるとガチャリと切れた。

(そう言われたら、誰だってデートの誘いだと思うじゃないか)

この男がそんな甘いタマじゃないことは分かっているのに、そうしてジャックは同じ失敗を繰り返す。

若々しさに漲《みなぎ》った体軀《たいく》にシャワーを浴び、いそいそとスーツに着替えれば、刑事には見えない紳士風の外見が出来あがる。

鼻歌交じりに車で迎えに行けば……。

『依頼だ。さあ出発しようか』

ジェイの勝手な都合に利用されただけだということが分かっても、後の祭りだ。

それでも、ジェイに従ってしまう自分が恨めしい。

ハンドルを握り締めながら、隣に座る男をちらりと眺める。

ジェイは先ほどの不機嫌さも何のその、外の景色を興味深げに身を乗り出すようにして、楽しそうに眺めている。

仕事の依頼を、小旅行か何かと勘違いしているのではなかろうか。

それとも、単なるドライブか。どんな状況も楽しむことができる点は尊敬する。

……忌々《いまいま》しい。

だが、楽しそうなジェイの様子を見れば、ジャックも心が浮き立ってくる。

普段クールな男を、図らずも可愛らしいと思ってしまったのは内緒だ。

七つも年上の、抜群に頭の切れる、美貌の男。ブラックダイヤモンドのような瞳に似合いの、額に零れる黒髪は男らしく、ジェイほど極上の男を、ジャックは見たことがない。

なぜこんな勝手な男の命令に、自分は従ってしまうのだろう。腹立たしいこともいっぱいあるのに、彼の姿を見ればつい、魅了されてしまう。

悔しいがきっと、骨抜きにされているのだ。その言葉がぴったりだとジャックは思った。

追い続けて、そして絶対に敵《かな》わない。

牧場を眺めているジェイがふいに言った。

「おや、羊だ」

「羊？」

白いふわふわの羊が、放牧されていた。とても可愛らしい。

「旨そうだなあ」

ジャックは思わずブレーキを踏みそうになる。この男の感想は心臓に悪い。

「旨い飯を食べるには、天気がいいほうがいいな。昨日は天気が悪かったからな。落雷もあったし何より……」

「風が酷かったな。突風も吹いてたし」

「そうそう」

頷くと、ジェイはそれきり、天気の話題などには興味をなくしたように、頬杖を突きながら外を眺める。

「なぜ俺を呼び出した？　言われるままの方向に車を走らせたが、どこに行こうとしている？」

気を取り直して、ジャックは本題に入る。

「今日行くところは名門だ。学校って割には学食の料理には定評があるから楽しみだ」

この男の頭には、食事のことしかないのだろうか。

だが食事と言うのなら、一緒に朝食を食べるのがジャックの目標だ。

今度こそ。

けれど道のりは遠い。彼を味わうどころか、いまだにキスすら許してはもらえない。ジャックの気持ちを、ジェイはとっくに知っているのに。

「学校に向かってるのか？　何があったんだ？」

「生徒が一人重体らしい。過失か、殺人未遂か」

「殺人未遂!?」

今度こそ、ジャックはブレーキを踏む。

キキッと嫌な音がして、身体が前のめりになる。

「そんな連絡は昨夜入ってないぞ。なぜ警察を呼ばない？」

「呼びたくないから、俺を呼んだんだろう」

探偵と警察官は、本来似て非なる関係だ。互いのテリトリーを犯す者を、互いに喜ばない。なのにこうしてつるんでいるほうが、おかしいのかもしれない。

「連絡しないと」

胸ポケットから携帯を取り出そうとしたとき、隣から伸びてきた指先が、ジャックの顎《あご》を掠った。

「黙ってろ」

命令とともに柔らかいものがジャックの口唇を塞《ふさ》いだ。

目を閉じる暇もなかった。

今のは、一体。

味わう間もなく、それは離れていく。

「場所は、ヘンリーミンスター・スクール」

呆然《ぼうぜん》としたままのジャックに、ジェイは口唇の端をクールに上げながら微笑む。

「重体なのはクレメンスという少年だ。昨日、上から植木鉢が落ちてきて、頭をかち割られたんだそうだ」


「ようこそ、おいでくださいました」

老齢の貫禄のある校長が、ジェイとジャックを出迎える。長く白い鬚《ひげ》が魔法使いのようだ。

校長室の隣の応接室に、二人は通されていた。応接室は重厚な雰囲気にまとめられていて、通された者をさすが名門と唸らせる。

「ジェイとおっしゃる方は？」

「私です。このたびは私をお呼びくださって、光栄です」

愛想よくジェイは右手を差し出す。この男の外面《そとづら》のよさは天下一品だ。

その笑顔の一片でも、自分に向けてほしいとジャックは思った。

「後ろの方は？」

校長はジャックを見やると、不審そうな表情を浮かべる。

「ああ、単なる木偶《でく》の坊《ぼう》です。役に立ちませんが、荷物持ちとして」

あんまりな言いようではないだろうか。

だがそれに反論できない。

先ほどの余韻が、ジャックを支配している。

ぼうっと頭が霞《かす》んでいるのは事実だ。頬も熱い気がする。

目の前のすらりとした肢体、洗練されたスーツを着こなす、格好良い男。その男が先ほど車の中で、自分に……。

「それで、大変なことになりましたね。学園で――殺人未遂事件だなんて」

ジャックを無視して、さっさとジェイはずばりと切り込む。

「いえ。私どもは事故だと思っています。実は校内では犯人は生徒ではないか、という噂が出始めています。ですが、名門と名高い当校に、そのような不届き者がいるわけがありません」

きっぱりと校長は告げる。生徒を誰より信じたいという信念が、そこにはあった。

「事故なのに誰かが加害者として疑われては、その生徒こそが被害者になってしまいます」

「立派な心がけです。生徒さんを守ろうとされているのですね」

校長の態度に感激したかのように、ジェイが深くうんうんと頷いてみせる。

「分かってくださいますか？」

「もちろんです！」

力強く頷くジェイに、校長は感動したようだ。

「おお」

そして二人は手を取り合うと、強く互いに握り締め合う。

あっけにとられてジャックは、その光景を見つめていた。

「ですがなぜ、殺人未遂事件という疑いが、もたれているんです？」

さらりとジェイが言った。校長の態度に、誤魔化《ごまか》されているわけではないらしい。

「それが…」

言いにくそうに校長が言葉を区切る。

「植木鉢が落ちてきたベランダに、当校の制服を着た人影らしいものを目撃したという生徒がいるものですから。一応事故現場は立ち入り禁止にして、生徒も教師もその後一歩も入っておりません」

ふ…っとジェイが目を細めた。だが、それに校長は気づかない。

「学生というものは、面白おかしく噂を広めるものです。ですが、学校としてはこれ以上噂が広まって、生徒たちを不安にさせることは避けたいのです」

「そうですね。公になれば、傷つくのは生徒たちですからね」

ジェイはあくまでも校長に同情的だ。そんなジェイに、校長が好感を持っているのが分かる。

「それに、その怪我をした子、クレメンスと直前まで一緒にいたというだけで、バリーという生徒が疑われてしまっているようなのです。無実を証明もできませんし、私も庇《かば》いきれません」

「つまり今回の私への依頼の目的は？」

「はい」

校長は息を吸い込むと、一息に告げる。

「今回の件を、きちんと一度、調査して頂きたいのです」


「さて、校長の説明だと、事故現場はこの辺だ」

学校の校舎の裏に、廃校舎があった。いつの時代のものか、落雷のせいで外壁も壊れている。石造りの建物は、その歴史と相まって、おどろおどろしい雰囲気に満ちている。石の壁には蔦《つた》が絡まり、夜になれば、首のない甲冑《かっちゅう》などが廊下を歩き回っていそうだ。事故以来、生徒には厳重に、この場所に近づかないよう言い渡されているらしい。

校舎の裏の廃校舎の周囲はきちんと整備されていないのだろう、赤土が剝《む》き出しになっており、前夜雨が降ったせいで、いくつかの深い足跡が残っていた。

「ジャック、そこに立ってみろ」

「ここか？」

ふいにジェイが立ち止まり、言われる場所にジャックは立つ。

「ふうん」

ジェイは腕を組むと、空を見上げる。

「？　ここが何か？」

「ちょうどそこを歩いていて、植木鉢が落ちてきた、と」

ジャックはぎょっとして飛び退《ずさ》る。

「おい！」

目を険しくしながら、ジャックはジェイを睨《にら》みつける。

だが、涼しげな顔をして、ジェイはジャックの抗議をさらりと無視する。

ジャックのことなど、気にも留めていないらしい。

「また落ちてきたらどうする！」

万が一事故だとしても、その理由も分からないのに。

何にせよ、頭をかち割られた生徒がいる場所に立たせるとは、あまりに趣味が悪い。

「ちょっと位置を確認したかっただけだ」

飄々《ひょうひょう》としたジェイの返事に、ジャックはがくりと肩を落とす。

どうせ自分など、この男にとっては、調査に利用できるだけの駒《こま》に過ぎないのだ。

分かっていても、あんまりではなかろうか。だが、これ以上抗議すれば、だったら帰ってもいいと言われそうで、仕方なくジャックは押し黙る。

「さて、植木鉢が元々置いてあった場所も見てみるか」

そう言うと、目の前の男は勝手に廃校舎の中に入っていってしまう。

日中は薄暗いとはいえ、少しは日が差している。だが夜ならば、誰もが躊躇《ちゅうちょ》してしまうほどの恐ろしげな雰囲気だ。既に朽《く》ちた壁に、崩れかけた階段、……教師に言われずとも、誰も近づきたくはないだろう。

そんな場所を、ジェイはすたすたと歩き、階段を昇っていく。

「おい、階段の真ん中は歩くな。お前のような大男が歩けば、階段が崩れる」

「それほど太ってはいないつもりだが」

言い返しながらも、ジャックはジェイの歩く通り、階段の端に寄る。

「埃《ほこり》っぽいな。掃除もしてないせいで、足跡もくっきりだ」

ジェイが呟きながら階段を昇っていく。

「さっきはずい分校長に同情していたじゃないか」

ジェイの背中を見ながら、ジャックは言った。

「あんたがあんなに生徒の味方をするとは思わなかった」

「さあ。誰が誰の味方だ？」

「何？」

ジェイの言葉に、ジャックは面食らう。

「だって手まで握り合って、深く頷いてたじゃないか」

先ほど見た光景が浮かぶ。熱く生徒のことを語り合い、絶対に守ると約束していた男のことを。

「別に。依頼主は味方にしないと、調査はしにくいものさ。あの程度でこちらに協力して、色々な情報を提供してくれると思えば、安いものだ」

しゃあしゃあとジェイは言った。

「それに俺は警察じゃない。依頼主が絶対だ。正義なんて関係ないしな」

——立派な心がけです。生徒さんを守ろうとされているのですね。ですね、ですね……。

力強い頷きと言葉が、ジャックの頭にエコーする。

それがすべて、演技……。

「事故だと思ってる相手に、殺人未遂だとかどうでもいいことを主張して、ことを荒立てる必要もないだろう」

自分にとってどうでもいいことは呑み込む。

このクールな人を食った男が、いちいち依頼主に同情するわけがないのだ。

彼を動かすのは、損得勘定ではない。

事件が面白いか否か、自分が興味を持てるか否か、だ。

それ以外にこの男が、動く理由はない。

「事故といえども警察を呼ぶのが筋だろう」

仕方なく、不満を別の言葉に変えて、ジャックは口にする。

「ジャック、お前が自分は警察の人間だなんて言ってみろ。警察沙汰にしたくないから俺を呼んだのに、追い出されるぞ」

そのための口止め。

それが、車中での……。

あのキスはジェイにはそれ以上の意味を持たないのだ。

ジャックは肩を落とす。少しは期待していたのに……。

まあいい。

キスに誤魔化されたわけじゃない。

この案件はまだ、事件性の点で曖昧《あいまい》だ。この男の好きにやらせてもいいが、もし事件性があると判断すれば、そのときジャックは動くつもりだった。

それまでは、守ってやる。ジェイを危険からも、事件からも。

植木鉢があるベランダは、四階の角にあった。

眺めのいい角部屋は以前、要職者が使っていたのか、立派な応接室だった。もちろん今は使われてはいないが、重厚なソファがまだ残されている。

「廃校舎の割に立派な家具が残ってるな」

「寝転がっても気持ちよさそうだ」

ジェイはどこまでも呑気だ。

「確かに、一人二人くらい寝ても使えそうだが。俺は嫌だな。こんな埃っぽいところで寝るのは」

ジャックはちらりとソファを眺める。古ぼけた薄暗い場所には、好き好《この》んで長居したくはない。気紛れなこの男のことだ。こんな場所で昼寝でもしていくと言いそうで、ひやひやしてしまう。

だがその心配はなく、応接室を通り抜けると、ジェイはベランダに出る。ベランダは隣の教室にも一直線に通じている。

「ここか。確かに、ベランダに植木鉢がずい分残ってる。しかも、だいぶ古い。土も乾ききってる」

一メートルほどの高さの手すりがあるベランダには、以前花を育てていた名残《なごり》だろうか、階段状になったプランターの上に、植木鉢が並んでいた。それらは育てる主もなく、既に朽ち果てている。

ベランダから身を乗り出し下を眺めると、先ほどジャックが立っていた場所が見えた。

「事故、か。そうだろうな。俺たちを呼んで、事故だと言えば、学生たちはそれで納得し、今回の事件は終焉《しゅうえん》するだろう。校長は調査してほしいなんて言ってるが、本当のところは、学校側は別に俺たちに謎解きを望んじゃいない。調査をしたという事実と、事件性に繋がる証拠は何も出なかったという証言を、させたいだけだ。だからみくびって俺を呼んだ。単なる町探偵としてな」

面白くなさそうにジェイは鼻を鳴らすと、口を開く。

「まずはクレメンスと直前まで一緒にいたということで、一番疑われている容疑者、それと目撃者だ」

◇◇◇ Lesson：B？

寮の空き部屋を使用して、事件にかかわり合いがあると思われる生徒を呼び出し、秘密裏に一人ずつ話を聞きたい、という申し出は、学校側にあっさりと通った。

よほどジェイの演技は校長に効果があったらしい。秘密裏にというジェイの配慮も、体裁《ていさい》を気にする名門校には効き目があったのだろう。

早速、ジェイはバリーという生徒を呼び出していた。空いているから使用してもいいと言われた部屋は二人部屋だった。机も椅子もベッドも、二つずつ備えつけられている。

ジェイは机の前の椅子に座ると、バリーをもう一つの椅子に座らせる。

椅子は二つしかない。当然、立つのはジャックだ。

「当日、クレメンスという少年と一緒にいたのは君だと聞いているが」

バリーは背も高く、格好良い外見をしていた。

「なぜ夜、廃校舎に？」

クレメンスの頭に植木鉢が落ちてきたのは、午後十時を回った時間だ。寮は学校の敷地内にあり、現校舎のすぐ隣、廃校舎からは斜めに位置する場所にある。クレメンスもバリーも寮生だ。寮の門限は午後九時と聞いていた。

「それは……」

バリーは言いよどむ。

「ルールなんてものは、君くらいの年齢だと、破るスリルを味わうためにあるものさ」

咎《とが》めないジェイの言い方にほっとしたのだろう、バリーは口を開いた。

「肝試しを」

「肝試し？」

バリーの答えはジャックも予測していなかった。

「ええ。廃校舎はああいう雰囲気なので、結構面白がって夜抜け出して遊ぶ生徒は多いんですよ。寮生活の息抜きに、あの辺りを散歩する生徒も多くて」

「それは、クレメンスと二人で？」

「ええ。それで廃校舎内を散策して、校舎から外に出たところで、忘れものに気づいたんです。それで、クレメンスをその場に残して、俺は校舎内に戻ったんです。クレメンスにその場で待つように言って。それで校舎内の階段を昇りかけたところで、ドンという音と悲鳴がして、慌ててクレメンスの許に戻ったんです。そうしたら、クレメンスが倒れていて……！」

バリーはそのときの光景を思い出したのだろう。片手を額に当てると、顔を覆う。

恐ろしいものを見るようで、耐えられないかのように、顔を歪《ゆが》めてみせる。

酷くショックを受けた様子が、彼からは伝わってきた。

「つらいことを思い出させて、すまなかったね」

ジェイは立ち上がると、同情を顔に浮かべながらバリーの肩を抱き寄せる。彼を立ち上がらせ、そのままドアの外に促すと、肩を優しく叩きながら慰める。

扉を閉めて暫《しばら》くすると、新たに扉がノックされる。

そこには、別の生徒が立っていた。

「そうなのか？　ジュード」

「ええ。これを言うことは、僕自身も寮のルールを破ったことを教えることになる。でも、黙ったままでいることは、故意に人を傷つけた人間がいるとすれば、それを見逃してしまうことになる。そのほうが苦しいと思ったんです」

ジェイの質問に、ジュードはよどみなく答える。理路整然とした話し方からは、頭のいい印象を受けた。実際、ジュードは眼鏡を掛けた知的な風貌をしていた。

「そのときのことを、話してくれたまえ」

「はい。寮の部屋で勉強をした後、気分転換に外に出たんです。門限もあるし、夜九時以降は外出禁止なのは皆分かっています。ですが生徒の模範となる奨学生くらいしか、あまりちゃんと守っていませんよ」

ジュードは苦笑いを浮かべた。

「奨学生？」

「ええ。僕の友人ではノーマンと調という生徒が、奨学金の授与者です。調は……それとは関係なく自主的に守っているみたいですけれど」

ノーマンは窮屈《きゅうくつ》そうだ、とジュードは付け加えてみせる。

「廃校舎の辺りは夜になれば、先生方も恐ろしがってあまり近づかないので、門限以降にはうってつけの散歩コースなんです。見つからずにのんびりと静かに散策できる。それで、僕は寮から廃校舎に向かう間にある銅像の辺りで、悲鳴を聞いたんです」

校内には卒業生たちの銅像がいくつかあった。ヘンリーミンスター・スクールは名門だ。卒業生の中には、教科書に載るような人物も多い。

「慌てて駆けつけました。僕の場合、足許が暗かったので、倒れているクレメンスに気づくより先に、動きを目で捉えたほうが早かった。廃校舎の四階辺りで、影がさっと校内に消えるのを見たんです」

ジュードからは、思い込みで判断しているような印象は受けなかった。

「その後、すぐにバリーが走ってきました。僕がクレメンスの許に駆け寄るのと同時でしたね」

バリーの証言と一致する。

「君が影を見たせいで、事故ではなく、殺人未遂事件かもという疑惑が生じたようだが」

「同級生を不安がらせるような真似は、本来僕はしませんよ。ですが、駆けつけた教師に事情を説明したとき、別の生徒も集まってきていました。そこから漏《も》れたのかもしれませんね」

面白がって噂を広めたのではないと、ジュードは付け加える。

「まったく、肝試しも高くついたものだな。クレメンスにとっては」

ジャックが呆れたように溜息をつけば、ジュードは意外そうな顔をした。

「肝試しですか？」

「違うのか？　夜、クレメンスと廃校舎に行った理由を、バリーはそう説明していたが」

ジャックが肩を竦めてみせる。

「……彼がそう言うのなら、そうなのかもしれませんけれど」

途端《とたん》に歯切れの悪い言い方になったジュードを、ジェイは不思議そうに見つめていた。


「さて、と。このくらいかな」

情報をある程度仕入れると、ジャックはジェイの待つ食堂へと向かう。

生徒の情報収集はジャックの役目だ。警察官という身分を隠したまま捜査を行うために、クレメンスやらバリーやらの親戚だという言い訳は心苦しかったが、どの生徒も、ジャックを見ればおずおずと口を開いた。警戒心を抱かせず聞きたいことを言わせる能力に、ジャックは長《た》けている。

そこは、ジャックもプロだ。

その間、あの男は優雅にお茶を飲んでいるらしい。

お茶を飲む時間もなかったと不満を漏らしていたから、これで機嫌が直ればいいが。

こっちは空腹のまま聞き込みしているというのに。

「報告は？」

食堂に戻ると、ジェイがたった一人ティーカップを傾けていた。アールグレイのいい香りがする。目の前にはずらりとお茶の時間にぴったりのデザートが並び、金で縁取られた皿の上には、フルーツ・クランブルにスノードン・プディング、ヨークシャー・カードチーズ・タルトの……残骸が残っている。

俺の分は？

そう訊《たず》ねようとして唾を飲み込むと、ジェイはにっこりと微笑んだ。滅多《めった》に見られないジェイの満面の笑みに、ジャックは見惚れそうになる。

「何か？」

俺の分……。ジャックは諦めると、仕方なくジェイの正面に腰を下ろす。

たっぷりとお茶を飲んだせいで、ジェイはすこぶるご機嫌らしい。

「旨い飯でも食いに行かないか？って」

「ああ。だから食べたじゃないか」

あの言葉は、自分が、という意味だったらしい。

「美味しかったぞ。ふっくらとして香ばしくて、白ワインもよく効いていて、クリームもたっぷりだ」

「お茶の時間は楽しめたみたいだな。俺が調査している間に。俺も腹が減ってるといい仕事ができないんだが」

軽い嫌味を交えるくらいは、許してもらおう。すると、ジェイはもっともらしい顔つきで、ジャックに告げる。

・・・・・・
シグ
ーー！

「今日はゆっくりとお茶を飲む時間がなかった。不満を抱いたままでいると、不機嫌になる。不機嫌になれば周囲を不幸にする。自分が機嫌よく過ごしていれば、周囲にも優しくなれる余裕が持てる。だから俺は周囲を不幸にしないために、ゆっくりお茶を飲んでいるんだ。俺がお茶を飲むことは、お前を幸せにしていることでもある。よかったな、ジャック」

「あ、ああ」

どうせこの男に口で敵《かな》うはずがないのだ。しかも一見自分勝手で無茶苦茶の論理に見えて、真実をついているような気がする。自己の気持ちのコントロールは、どんな場合でも大切だ。落ち込んでも、不機嫌になっても、それを自覚し、早めに自分の気持ちを盛り立てる方法を自分なりに見つけておくこと、それは前向きに生きていくための知恵かもしれない。

ジャックを気の毒に思ったのか、食堂のコックがわざわざ、カップに新しいお茶を淹《い》れて持ってきてくれた。

昼食も終わり、夕食までの時間、食堂はクローズされる。生徒が誰もいないお陰で、目立たず悠長《ゆうちょう》にお茶も飲めるというものだ。

生徒に聞かれて困る話をするにも、ここなら心配はない。…お茶もたっぷり飲める上に。

「どうだった？」

「怪しまれないよう、適当に話を聞き出してきた。他の生徒に聞いたが、被害者のクレメンスという生徒は、あまり評判がよくなかったみたいだな」

「例えば？」

ジェイに促され、ジャックは続ける。

「本人だって十分可愛い容姿をしているのに、もっと綺麗という評判の生徒がいると、許せないといったタイプの人間だ。嫉妬《しっと》深く粘着質、底意地が悪くて負けず嫌い。抵抗できない弱者を徹底的に苛めて、喜んでいる」

「ずい分だな」

「怪我をした人間に鞭《むち》打つようなことは言いたくないが、家も金持ちで権力もある。だから皆彼を表立っては悪く言おうとはしない」

「彼のそばにいれば、自分も利益を得られる。自分の身が、誰も可愛いんだろう。恐怖政治そのものだ」

ジェイが相槌《あいづち》を打つ。

「自分の利益を犠牲にしてまで、友情を全《まっと》うしようと思わない人間は多いものさ。だが、苛められている人間を助けないのは、苛めているのと同罪だな。だとしたら、声にならないだけで、心の底では彼を恨んでいる人間は多かったんじゃないか？」

ジェイの問いは端的だ。

「おまけにクレメンスは、恋愛関係がずい分、奔放《ほんぽう》だったようだ」

彼に男の恋人がいたと知れば、ジェイは驚くだろうか。

「バリーは外見は格好良いしな。クレメンスの虚栄心を満足させる相手なんだろう。格好良い男を恋人にしていると見せびらかし自慢する、恋人にされた男はたまったもんじゃないな」

「ああ。バリーは……」

ジャックは言葉を切る。

「…？　あれ？　俺はクレメンスの恋人の名前を言ったか？」

まだ口にしてはいないはずだ。だが目の前のこの男は。

「肝試しなんて言い訳を信じてるのはお前だけだ」

呆れたようにジェイが言った。

「自分で言ってたじゃないか。あの二人が事件の夜に訪れた現場、廃校舎の割に立派な家具が残ってるって。一人二人くらい寝ても使えそうだと」

そう、ジェイに言わされた。

この男の何げない言葉に、そんな意図があったとは思えなかった。

この男を、空恐ろしく感じる瞬間だ。

ただ食べているだけの男だと馬鹿にしていれば、足をすくわれる。

「ちゃんとヒントを与えてやっていたのに。あの晩、あの二人はあそこで楽しんでいたに違いない。寮は同室ではないようだし、こっそり会うのにちょうどいいんだろう」

あの言葉にそんな意味があったなんて。ジャックの頬が赤くなる。

「それで？　クレメンスがバリーを恋人にしていたわけは？　バリーに片想いでもしている相手がいたんじゃないか？　その相手のことが、クレメンスは嫌いだったんだろう」

ジャックは驚く。

ずっとお茶を飲んでいただけのくせに。

なのに警察官の信念として放ってはおけなくて、午後の間ずっと歩き回って調べていたジャックよりも、まるでジェイのほうがこの学園の事情に通じているようだ。

「まさかその相手の名前も分かってる、とか？」

「そんなわけがあるか。お前のことだから、ちゃんと調べてあるんだろう？」

ジャックの調査能力を信頼してはくれているらしい。

「バリーに片想いをしていた相手として名前が出てきたのは、アンディという生徒だ。彼は可愛らしいクレメンスとは違ったタイプの、凛《りん》とした美しい少年だそうだ。クレメンスは自分のテリトリーを侵す者として、アンディを嫌っていた。アンディがバリーに片想いをしているなんて情報は、クレメンスにとっては獲物がかかったと舌舐《な》めずりするようなものだったろうな」

「だろうな。もちろん、クレメンスは一度手に入った者で満足するような人間でもないだろう？」

この男は何でもお見通しらしい。ジェイの叡智《えいち》に舌を巻く。

「クレメンスはバリーと付き合っていながら、最近ではダレルという生徒にも、ちょっかいを出していたらしい」

「それは、バリーは知っていたのか？」

「ああ。どうやら当て馬にされながらも、バリーのほうが、クレメンスにまいっていたようなんだな。クレメンスが他の男を見るたびに、バリーは嫉妬していたそうだ。だが、嫌われるのが怖くて、束縛もできない」

「惚れた弱みだな」

その言葉をそのまま、あんたに返してやる、とジャックは思った。

「ダレルはどういう奴だ？」

「一言でいえば、寡黙なせいで目立たないが、目鼻立ちは抜群に整っている。人によっては、優《やさ》男《おとこ》風のバリーよりも格好良いと言う生徒もいたな」

「へえ。その様子じゃ、ずい分格好良いんだろうな」

「性格もいい奴らしい。アンディとは幼馴染みだそうだ。ただ、真面目で控え目で、あまりしゃべらないせいで、美しいアンディと一緒にいるのは不釣り合いだと、専《もっぱ》らの評判だそうだ」

心ない評判は、アンディに憧れる奴らの、ダレルへの嫉妬かもしれなかったが。

そこまで話したところで、食堂の入口に影を見つける。制服を着ていることからも、この学校の生徒だと分かる。

「あの……」

「どうぞ」

入りにくそうな彼に、ジェイが声を掛ける。

「ここに、校長先生の知り合いがいて、この間の事故のことを調べているって聞いたので」

おずおずと少年が顔を出す。

「何かあったのかい？」

少年を招き寄せると、ジェイが訊ねる。

「実は……」

ジェイは少年が口を開くのを待つ。

少年は一度俯《うつむ》くと、沈黙に耐えきれなくなったのか、自ら口を開いた。

「クレメンスが事故にあった夜、僕と同室のダレルが、朝まで帰ってこなかったんです」

ひゅうっとジャックは口笛を吹く。

「帰ってきた彼の靴は酷く汚れていて。赤い土がこびりついていたんです」

◇◇◇　Lesson：C？

「本校舎の周辺は石畳で通路が整備されている。赤土が剝き出しになっているのは、廃校舎の周りだけだ」

ジェイとジャックは再び、廃校舎に戻ってきていた。

お茶の時間も終わり、間もなく日が陰る。

昼と夜とでは、歴史ある建物も別の顔を見せる。

「この銅像も、夜になると馬を降りて歩き出す、なんて噂があるのかもしれないな」

ジェイは銅像のある場所へ歩いて行き……また廃校舎まで戻ってくる。

彼も散歩を始めたのだろうか。

「俺をここに呼んだのは、あなたですか？　校長からここに来るように言われましたけれど」

暫くすると、寮の方面から迫力のある男子生徒が現れた。真っ直ぐなダークヘアの下から、鋭い目つきが覗《のぞ》いている。すっと通った鼻筋に、男らしい眉、頼もしい体つき、影を落としたような雰囲気、目立たなく振舞ってはいるようだが、人目を惹きつける。わざと気配を殺しているような様子がうかがえる。

能ある鷹《たか》が、爪を隠しているかのような。牙を剝いた彼の本当の実力を、暴いてみたい気にさせられる。これがダレルという生徒だということは、一目で分かった。

素晴らしく格好良いじゃないか。ジャックは驚く。

地味でアンディに不釣り合い……、それは、彼が目立たないように振舞っているせいだ。

「そうだ。急に悪かったね。でも、夕食の前に済ませてしまったほうが、いいと思って」

「……」

呑気なジェイの答えに、ダレルは沈黙で応えた。寡黙で真面目な生徒だと聞いてはいたが、冗談が通じる相手ではなさそうだ。その上警戒心も強い。呼びつけられたのは不満そうだが、校長に言われて仕方なくといったところだろう。校長からジェイの身分は聞かされているらしい。

「クレメンスのことだ」

「事故じゃないんですか？」

「なぜそう思う？」

「校長が、そう言っていたからですよ」

さらりとダレルは答えた。この年代の少年は、事故よりも事件を面白がるものだ。それをあえて事故と主張するのは珍しい。

「実は事故ではないかもしれない」

「なぜ？」

ジェイの言葉を、予想していないこともなかったのか、ダレルは冷静に聞き返す。

「クレメンスが怪我をした夜、この廃校舎の上に人影を見た人物がいる」

「へえ」

「その晩、君が寮の部屋から抜け出したのを見た人間がいる」

ジェイは曖昧に言った。端的に部屋にいなかったと告げれば、同室の少年の告白が知れてしまう。勇気を持って告白してくれた彼に、告げ口の罪の意識を抱かせ、ダレルに逆恨みされるようなことになってもまずい。ジャックはそう思うが、ジェイが意識して配慮しているのかは疑問だ。

「だからどうだというんです？」

ダレルは片眉を上げた。彼に動じた様子はない。

「どこに行っていた？」

ダレルの様子を見て、ジェイは単刀直入に訊《たず》ねた。

「廃校舎です」

「何⁉」

ジャックは声を上げる。

「と言えばいいのかもしれませんが、散歩していました」

人を食った答えだった。かなり太い神経の持ち主らしい。目立たなく振舞っているようだが、実際は大したタマかもしれない。

「証拠は？」

「ありません」

「いつまで？」

ジェイが鋭い視線で彼を見つめる。

「…朝まで、ですよ」

ダレルは何かを察したのか、部屋にいたとは言わなかった。頭の回転も速いらしい。

「朝まで？」

「ええ。座り込んで考えごとをしていたら少しうたたねをしてしまって。でも、深夜の居眠りじゃ、証明できる人はいないでしょうね」

敵対視する眼差しが、ジェイを睨みつける。

これ以上、何か聞き出そうとしても、彼のようなタイプはがんとして口を割らないだろう。意固地になる前に、対応策を立てるのが、賢いやり方だ。

ジェイもそう感じたのか、それ以上追及せず、ダレルを解放する。

ジャックと二人きりになると、のんびりと周囲を散策しながらジェイは答えた。

「この学校は散歩だらけだ。部屋がそんなに狭いのかな」

ジャックはがっくりと肩を落とす。特に有力なヒントがダレルから得られたわけでもないのに。

この男の呑気さはどういうことだろう。

「そんなにうろうろ歩いていると、ジェイこそ不審者に間違われるぞ」

「人を待ってるだけだ。…そろそろかな」

「お呼びですか？」

ダレルと入れ替わりに、そこには美しい少年が立っていた。

「君がアンディ？」

「はい」

先ほどダレルがいた場所に立つのは、アンディだ。写真で見たクレメンスは可愛いといった印象だが、アンディは美人という形容がぴったりの容姿をしていた。腰が細く、綺麗に制服を着こなしている。同じ制服を着て多くの生徒に紛れていても、彼だけはぱっと目立つような美しさだ。

彼の周囲にだけは別の上質の空気が流れているような印象を受ける。

だが、酷く顔色が悪い。ふらついているようだ。

「昨夜からずっと寝ていたそうだな」

「…はい」

ジェイの問いにアンディが答える。具合が悪いのに、呼び出したのだろうか。

ジャックは軽くジェイを睨んだ。だが、ジェイの冷徹な表情には少しもこたえた様子はない。

アンディの白い顔は、透き通るを通り越して青白いけれど、凜とした印象は損なわれることはない。

滑《なめ》らかな肌に濃い睫毛《まつげ》…極上の美人だ。

彼に告白すれば手酷く振られそうだと感じて、ジャックは内心で苦笑する。

きっと生徒の間でも、高嶺《たかね》の花といった存在なのだろうとジャックは思う。

ふと、学生時代のジェイにジャックは興味が湧いた。彼は一体、どういう学生時代を送ってきたのだろうか。ジェイは高嶺の花……いや、可愛い生徒にちょっかいを出す悪い奴、のほうかもしれない。彼にも可愛らしい時代があったなど、想像もできない。

「今まで部屋から一歩も出ずに寝ていたのか？」

「そうです」

「君は寮では一人部屋らしいな」

「はい」

アンディが答えた。

「昨夜、クレメンスという生徒の頭に植木鉢が落ちてきて、彼は重傷だ。そのくらいは君の耳にも入っているだろう？」

「…はい」

アンディが目を伏せる。その表情が妙に艶めいて、ジェイ一筋のジャックであってもどきりとさせられる。

「最初は事故だと言われていた。だが、植木鉢があった四階に人影を見たという目撃証言がある」

ジェイは余裕ある表情で、アンディを見つめている。

「もしかして、事故ではないのかもしれないな」

ジェイが廃校舎の上を見上げる。

「だとしたら人影の正体が気になる。そこで今、疑われているのが、ダレルだ」

はっとアンディが初めて顔を上げる。

「なぜです？」

「彼はその夜のアリバイがない。本人は、裏庭に出て考えごとをしているうちに、うたた寝をしたと言っていた。この寒空の下で。俺なら嫌だなあ」

ジェイはあくまで余裕だ。ダレルの言い訳は、どう考えても不自然だ。ダレルの昨夜の行動など、誰も本当だと信じてはいない。クレメンスが病院に運ばれたり、事件の後はかなり騒々しかったはずだ。ジェイの指摘に気づいたのだろう。

アンディは表情を引き締めると、言った。

「彼のアリバイなら、あります」

アンディが拳《こぶし》を握り締める。小さく拳が震えていた。

「へえ、どんな？」

「僕と……一緒にいました」

そう告げたアンディの頬に、赤味がさしていた。

◇◇◇　Lesson：D？

アンディが帰った後、学校を出て、学園のすぐ近くの瀟洒《しょうしゃ》なパブで、ジャックとジェイは席についていた。

やっと食事にありつける。

ジャックはジンの入ったグラスを傾けながら、出される料理に舌鼓を打つ。

今日一日ジェイに付き合わされて、これがジャックの初めてのまともな食事だ。

パブの料理は店主のこだわりとプライドがうかがえるような、上質な味だった。

この店に入ろうと言ったのは、ジェイだ。この男の嗅覚《きゅうかく》にはジャックも驚かされる。

オックステールのスープはシェリー酒で丁寧に味付けられていて、とても美味だ。

スパイスの効いたポークのアプリコット煮を、ジャックは注文した。ジェイは詰め物のたっぷり入ったローストチキンだ。ハーブの香りが香ばしく、グレイビーソースをたっぷりかけて、ジェイはご満悦だ。

もちろん、デザートも欠かせない。ジェイの機嫌を損なわないよう、ジャックは邪魔しないように彼が食事を楽しむのを、自分も食事を楽しみながら見守る。

「おい。それで、今回の事件の犯人の目星はついたのか?」

食後のコーヒーを楽しんでいるジェイに、タイミングを見計らい、ジャックは声を掛けた。

パブは適度にざわめいており、物騒《ぶっそう》な話をしても誰も聞き咎める人間はいない。

「お前はどう思う?」

ジェイが試すような視線を投げかける。注文したアップルパイを待つ間、手持無沙汰《てもちぶさた》だったのかジェイがナプキンに何かを書きつける。そしてそれを、空になったジャックのグラスの下に敷いた。もう一枚は自分のグラスの下に敷く。

「俺は……」

持論を展開しようとして、ジャックは言葉を切る。

非番に一日付き合わされたのだ。このままで済ませてなるものか。

「もし俺の推理が当たったら?」

「ご褒美《ほうび》でも欲しいのか?」

「もちろん」

「何がいい?」

「あんたのキスだ」

真っ直ぐにジェイの瞳を見つめる。深い色の瞳を見てしまえば、吸い込まれそうになる。

印象的で、意志が強そうで、見つめる者を痺《しび》れさせて放さない。

「もっと高い志《こころざし》を持ったらどうだ?」

ジェイの答えにジャックは面食らう。

それは、…まさか、もしかして。キス以上の……。

「お、おい、それは」

「キスでも十分か。俺のキスは高いぞ」

果てしなく。

ジェイに簡単にはぐらかされてしまう。

誘惑をちらつかせては、目の前で逃げていく。

男にはたまらない責めだろう。

「それで? まあ時間の無駄だろうが一応、聞いておいてやる」

尊大で馬鹿にしきった態度が向けられる。

目の前の男を、力ずくで捩《ね》じ伏せたい衝動が込み上げ、ジャックは大きく息を吸い込む。

力ずくで犯せば、勝てる自信はある。だがそれは、ジャックの本意ではない。

いちいちこの男の言うことに反応していては、身がもたない。

……図太くなったものだ。彼のそばにいて、一番鍛《きた》えられたのは、精神かもしれない。

何ごとも、そうだ。困難が訪れたとき、いつもいちいち反応するより、適当に聞き流しておいたほうがいい。

困難は悪いことだけではない。人を強くする。

待ってろよ。

心の中で、ジャックは呟く。

まだ事件は解決していない以上、今夜、ジェイは学校に泊まることになる。事件を調べやすいよう、ホテルではなく寮の空き部屋を、校長は二人に提供してくれていた。

寮は殆《ほとん》どが二人部屋の造りになっている。

今夜…ジェイと同じ部屋で。明日も休みでよかった。

ごくりとジャックは唾を飲み込む。

「動機で言えば、アンディだろうな。アンディはクレメンスに苛められていた。苛めるってのは諸刃《もろは》の剣だ。苛めている相手は、その瞬間は気持ちがいいだろうが、酔っている間は、窮鼠《きゅうそ》猫を噛むって言葉に気づかない。単なる自分の瞬間の憤《いきどお》りを満足させるために相手を苛めて、後から牙を剥かれて怯えても、後の祭りだ」

ジャックはコーヒーカップを傾ける。甘い物はあまり得意ではないせいで、アフターディナーに頼んだブランデーが横に置かれたままだ。目の前の男は、コーヒーとともに、旺盛な食欲でアップルパイを平らげている。パイに添えられたアイスクリームがとろけて、旨そうだ。

「この間も、ある上院議員だったか。役職につこうとして立候補したのに、以前自分の利益の為にある事業を妨害していたことを暴露されただろう。証拠を巧妙に隠そうとしたみたいだが、今の世の中、どうやったって見つけようと思えば証拠は見つけられる。いつどこで、足をすくわれるか分からない。要職につこうって人間は、将来を見越して、人を苛めたりはしないものさ」

だからこそ、人徳があると言えるのかもしれないが。虐《しいた》げられたことに奮起《ふんき》して、財を成した人物もいる。

「ともかく、一日中部屋で寝ていたっていうアンディには、アリバイがない」

ジャックはコーヒーを飲み干す。

「逆にそれは、ダレルにもアリバイがないってことにもなる。アンディはダレルのアリバイを証明し、ダレルはアンディのアリバイを証明する」

「だとしたら、ダレルは最初から、アンディの部屋にいたと、言うんじゃないか？」

鋭く突っ込まれて、ジャックはうっと詰まる。

「互いに庇い合うのなら、ダレルは最初から、うたた寝してたなんて言わずに、アンディの部屋にいたと言えばいい。なのになぜ、外にいたと言う？　そんなことを言ったら、アンディのアリバイも証明できない。何より、ダレル自身が一番、疑わしいと思われるだろうな」

畳み掛けられ、ジャックは何も言えない。

そうだ。

なぜ、ダレルはあんな嘘を言ったのだろう。

一体、何が目的なのだろう。

あんな嘘を言えば、自分の罪を誤魔化すどころか、より疑われることになるだけなのに。

「なら、バリーはどうだ？」

「バリー？」

推理の方向を変える。

「なぜあの日、バリーは忘れ物を取りに戻ったんだ？　クレメンスをその場に残して。四階から植木鉢を落とせば、当たる場所に。ずい分タイミングのいい忘れ物だな」

これこそが、真実かもしれないとジャックは思う。

「あの晩の出来事はこうだ。植木鉢が落ちる場所に、クレメンスを立たせると、バリーは忘れ物があるからこの場から動くな、すぐに戻ると言ってその場を離れる。急いで四階まで昇って植木鉢を落とす。クレメンスの悲鳴を聞いた後、何食わぬ顔をしてバリーはその場に戻る」

これも、もっともらしい推理に思えた。

「なら、動機は？　バリーこそがクレメンスにまいっているらしいじゃないか。しかも身体まで与えてくれる相手だ。なぜ殺す必要がある？　最後まで一緒にいた人間だ。真っ先に疑われるのは分かりきったことじゃないか」

そうも問い返され、ジャックは言葉に詰まる。

「じゃあ、あんたはどうなんだ？」

答えられない質問をされたら、問い返す。逃げるには最適の手段だ。多少卑怯《ひきょう》かもしれないが。

「こんな簡単な事件もない。あとはどうするかだな」

ジェイの答えに、ジャックは目を丸くする。

「お前のことだから、導き出す解答はそうじゃないか？」

ジェイが指さしたのは、…先ほどコースター代わりに敷いた紙ナプキンだ。

ジャックはグラスを持ち上げ、ナプキンを返す。

そこに書かれていた名前に、ジャックは驚く。ジャックがまさに疑う人物の名前が、書かれていたからだ。

「そしてこれが、俺の答えだ」

ジェイは自分のグラスを持ち上げ、ナプキンをジャックに手渡す。

そこに書きつけられていた一文に、ジャックは息を呑む。ジャックが推理を展開する前にこの男は既に……。

「本当か？　これが真相なのか？」

「さあね」

そう言うと、ジェイは興味をなくしたかのように、コーヒーを飲み干す。

「さて。このまま寮の空き部屋に戻って、学生たちが寝るようなベッドに寝るのもぞっとしないな。さっさと済ませて帰ろうか」

ジャックの淡い期待を打ち砕く言葉を吐くと、ジェイはにっこりと笑った。

パブから学校に戻ると、泊まるはずだった部屋に、ジェイはダレルを呼び出す。

「今度は廃校舎ではなく、部屋ですか？」

鋭い瞳が、不満そうにジェイを睨みつける。

無理もない。

ジェイがたっぷりゆっくりじっくり夕飯を楽しんだせいで、既に時刻は夜の十時を回っている。

学生ならばそろそろシャワーを浴びて休もうという頃だ。しかもこの学校の寮の門限は九時だ。

「そういえば、これの紹介がまだだったね。これはロンドン警視庁の警部だ」

「……どうも」

これです。

軽く頭を下げれば、ジャックを見るダレルの目に驚きが混じっていた。

滅多に表情が変わらない印象のダレルも、さすがに驚いたらしい。

それに、ジャックも驚く。ジェイはジャックに、警察であることを言うなと、口止めしていたではないか。あの車中のキスで。本当の口止めだ。

「君をこれに逮捕してもらおうと思ってね」

ジャックは仰天《ぎょうてん》する。だが、顔には出さない。

「あの日のことを言おう。君は植木鉢をクレメンスに落とした。違うか？」

「……」

ダレルは答えない。

「クレメンスが病院で意識を取り戻したと連絡が入った。そして、彼は植木鉢を落とした影をはっきり見たと言っている。これは殺人未遂だ。探偵の手には負えない。あとは警察にしっかりと任せようと思う。だが、その前に自首を勧める。罪の重さが違ってくるからな。正直に言ったほうが身のためだぞ」

「バリーはどうなんです？」

問いつめられても、ダレルは冷静だ。最初からジェイの答えを予測していたかのようだ。

「バリーの疑いはすぐに晴れた。なぜなら、目撃者は人影を廃校舎の四階に見ているが、バリーはすぐにクレメンスの許に駆けつけた。目撃者は銅像がある位置で人影を見て…クレメンスの許に駆けつけたときに、すぐにバリーも現れた。あの距離を測ってみたが、どうやっても、四階から下りてくる時間はない。バリーの供述通り、廃校舎に入ってすぐ悲鳴が上がって駆けつけたという距離程度じゃなければ、無理なんだよ」

ジャックはあっと思う。銅像から廃校舎まで、ジェイはうろうろ歩いていた。

呑気な行動だとばかり思っていたが、意味があったのだ。

「目撃された人影がバリーではないとすれば、その人影は誰だということになる。さて」

ジェイはダレルを立たせたまま、彼に視線を投げかける。

「君にはその夜のアリバイがない。君を私が廃校舎に呼び出す前に、君の靴を調べさせてもらった。君はその夜、ずい分泥だらけになるような場所を歩いてきたんだな。君の靴についていた赤土、あれは廃校舎の周辺にしかない」

「それは散歩をしていて」

「人が怪我をしたのにも気づかずに？」

ジェイは手厳しい。

「そういうこともあるかもしれませんね」

無理に言い訳をすれば、突っ込まれる恐れがある。とぼけるのが一番いいやり方だ。

「そうか、それなら、ある人物を偽証罪で捕まえなければ」

ダレルを追いつめることができなくても、ジェイは動じない。

「誰を？」

ダレルが不審そうに眉を寄せる。

「アンディだ。アンディはあの夜、ずっと君と一緒にいたと証言している」

初めて、ダレルの顔に動揺が走った。

「アンディが？」

ダレルは信じられないと言った顔をしていた。

「なぜ……」

「アンディは君を庇っているんだろう？　君には残念だが、アンディはバリーに片想いをしていた。だがバリーはクレメンスの恋人だ。君はアンディを苛めるクレメンスが許せなかった。だからクレメンスに植木鉢を落とした。違うか？　もしそうでないのなら、なぜアンディは嘘をついたのか、アンディを問いつめなければならない」

するとダレルは肩を竦めた。

「これ以上とぼけるのは無理なようですね」

ダレルはさばさばした顔で言った。

「分かりましたよ。俺があの日出掛けたのは、廃校舎です。俺が——落としました」

ジャックは顔を引き締める。

ダレルの顔には、何の感慨も浮かばない。この部屋に入ってきたときと同じ、平静そのものだ。

「じゃ、逮捕しようか、さあ、ジャック」

ジェイも何も変わらない。最初からのんびりとした、何も考えていないのではないかといった態度で。

なのにこうして犯人を暴いて……。

「あ、ああ」

あまりに早い展開と告白に、ジャックも気持ちの切り替えが難しい。

こんなにあっさりと犯人が分かっていいものなのだろうか。

そのとき、部屋の扉が開いた。

「あの、こちらに来るように言われて…」

アンディだ。遠慮がちに扉を開き、顔を覗かせる。

「ああ、アンディか。クレメンスの殺人未遂事件について、今ダレルが自白した」

アンディが目を見開く。

「今からダレルを逮捕するつもりだ。そこの美男子は、ああ見えて警察の人間なんでね」

「違います…！」

蒼白になったアンディが、顔を手で覆う。

「僕が、僕が悪いんです。僕が、僕が犯人なんです」

ジャックは驚く。

ダレルでは、ない？

一体、どういうことなのか。

「やめろ、アンディ！」

突然の告白を、ダレルが制する。

「いいんだ。最初から、黙っていようとは思ってなかったんだから。…人を傷つけたのに」

アンディの表情には、深い諦めがあった。

「ただ、勇気がなかっただけ」

顔を覆うアンディの手首をダレルが掴む。そのまま、自分の胸元へとアンディを引き寄せる。

「そのせいで、ダレルにまで、迷惑をかけて……」

二人が見つめ合う。

アンディの瞳に涙が滲《にじ》みそうになる。

潤《うる》んだ瞳に、ダレルの瞳が吸い寄せられて……。

ゴホン。

ジャックは咳払いをする。

すると、青ざめたまま、アンディがジャックを振り返る。

やっと、この場所に、ジェイとジャックがいることを、思い出したらしい。

「何があった？」

ジェイに促され、アンディが口を開こうとする。

再び制しようとしたダレルに、アンディは強く首を振った。

「あの日……」

強い意志とともに、アンディがジェイに話し出そうとする。

「バリーとクレメンスが廃校舎に行くのを見て、アンディ、君は彼らを追いかけて廃校舎に行った」

言いかけるアンディを遮《さえぎ》り、ジェイがさっさと話し出す。

「君は二人を追いかけた。だが見失ってしまった。恐ろしいと思いながらもやっと辿《たど》り着いたのは廃校舎の応接室だ。迷った君が明かりが漏れる場所に引き寄せられるように辿り着いても無理はない。だが応接室は鍵がかかっている。君は仕方なくベランダに回った。そこで君は外からバリーとクレメンスが愛し合うのを見てしまった。あそこは穴場だからな。あんな悪趣味な場所を逢瀬《おうせ》に使う生徒はそういるもんじゃないが、愛し合う二人ならば場所は問わないんだろうな。そこの男は埃っぽくて趣味じゃないらしいが」

当時の光景を思い出したのか、アンディの青ざめた顔にうっすらと赤味がさす。

「覗き見をしたと思われるのも嫌で帰ろうとしたが、まあちょっと、動けなかったんだろう。君には刺激が強すぎたようだ。その間に、二人の行為も十分進んでいて色々事が終わっていた。十分満足した彼らは、応接室を出ようとする。すぐに出て行って帰ろうとすれば、後ろを振り返りでもした彼らに、気づかれないとも限らない。仕方なく少し時間を置いてから出ようと、君はベランダで待った。でも長い間、あんな廃校舎にいたいとは思わない。応接室の中の気配が消えたくらいで君は廃校舎を出ようとする。そして君が部屋を出て階段を下りようとしたところで、外で悲鳴が上がった」

当時を思い出したのか、アンディの顔に恐怖が蘇る《よみがえ》。そんなアンディを、ダレルはずっと抱き締めている。そうしなければ、アンディは倒れてしまいそうだった。

ダレルがついた、分かりやすい嘘。

それは、ダレルは、腕の中の彼を、守りたかったから。

やっと分かる。

ダレルは、腕の中に抱く彼のことを、愛しているのだ。

その彼はバリーという、別の男を好きらしかったが。

他の男が好きでも、それでも、ダレルはアンディを守りたかったのだ……。

事件があった夜、ダレルが一人で廃校舎の辺りを歩き、うたた寝をしたなんてすぐに分かる嘘をついたのは、自分に疑いを向けさせるため。罪を誤魔化すための嘘じゃない。わざと自分が疑われるように仕向けたのだ。でも、無実の人間に罪を被せて、アンディが平気でいられるわけがない。そこがダレルの誤算だ。

ダレルが守ろうとした彼を逮捕しなければならない。分かってはいても、つらい。

それにしても、相変わらず驚かされるのはこの男だ。

ジェイは、事件の夜の出来事を、見ていたのではないかと思わされる。

「外からの悲鳴に君は驚いて、まだ階段に足を踏み出したところだったこともあり、ベランダに戻る。そしてベランダから下を覗き込む。そこには、倒れているクレメンスの姿と、横に植木鉢が落ちているのが見えた。君は自分が疑われるのかと怖くなった。動機の点でもね。クレメンスが君を苛めていたことは、他の生徒も知っている。人を苛めるなんて、人間の風上にも置けない」

珍しく、ジェイは腹立たしそうな様子を見せる。

「君は隠そうと思ったんじゃないだろう。ただ恐ろしくて動転して、ダレルに相談しに行った。ダレルは廃校舎の騒ぎから、クレメンスが頭をかち割られたことを知り、何があったか瞬時に理解した。だから、あえて、自分が疑われるように仕向けた。君を守るために。そして、嘘の自白をするために。だがこのままでは、ダレルが無実の罪を被ることになる」

「僕が…落としたんです」

アンディの声が震えていた。

「違う。アンディ。バリーとクレメンスをアンディが追ったように、俺はアンディのあとを追った。アンディが帰ろうとしたとき、俺は四階から植木鉢を落とした。その後、寮に戻った。そうしたら、アンディが俺を呼んだ。だから俺はアンディの部屋に行った」

さえぎるようにダレルが言いつのる。

「ふうん?」

ジェイは二人の言い訳を、面白そうに聞いている。

馬鹿にされたと感じたのか、ダレルはかちんときたようだ。

「俺が、——クレメンスの頭の上に植木鉢を落とした。アンディは何も悪くない」

きっぱりと告げるダレルに、ジェイは面倒くさそうに答えた。

「それじゃ、現場に残っていた足跡をどう説明する？　俺は、足跡が三人分で、新しいものは、アンディと、バリーとクレメンスと思われるものしかなかったことを、三人の靴裏と照合して確認済みだ。ダレル、君のものは、廃校舎の中にはなかったんだよ」

いつ調べたのだろう。だが、最初から真実が見えていて、推理の裏づけをするためにあの場所を歩いていたのだとしたら、ジャックに見えないものも、ジェイには見えていたのかもしれない。

ダレルが燃えるような瞳で、ジェイを睨みつける。

せっかく庇ったものが、ジェイという男が気づいたせいで、無になる。

「このままじゃ、ダレル、君が庇うほどに、アンディの罪が増すだけだ。君の本当のところは、あの夜、アンディに呼び出された後、アンディにおとなしく待つように言って、君は廃校舎にわざわざ行って、靴に赤土をべたべたつけて帰ってきた。アンディは震えながら、君のいいつけ通り待っていた。君が何をしようとしているのか、知らされずに。アンディを庇おうとしたその心根は大したものだ。そこには一体、何がある？　君たち二人が一緒に朝までいたからって、のんきにポーカーでもしていたとか、チェスでもしていたとかって思ってるのは、そこの男だけさ」

相変わらず、あんまりな言いようではなかろうか。

その程度は、想像はした。だが、アンディはバリーを好きで……。

「暫く会えないかもしれないなあ」

ジェイの一言に、ダレルはとうとう口を開いた。負けを認めたのだろう。

苦しみの中で、けれど、潔《いさぎよ》さがあった。

「あの夜、何があった？」

「……そうですよ。あの日、怯えるアンディを、俺は初めて抱いた」

「ダレル……！」

アンディがダレルを見上げる。身じろぐが、ダレルの腕は外れない。

ダレルは、アンディを放そうとはしない。

「恐怖心に付け込んででもよかった。俺に任せれば大丈夫だから、俺の言う通りにしていろと。今は何も言うなと命じたのは俺だ」

ジェイを睨みつけるダレルは、今までの気配を殺したかのような態度が嘘のように、堂々としていた。恐ろしいくらい、いい男になっていた。それは、愛する者を得て、何もかも失っても恋人を守り抜きたいという気概が、そうさせているのかもしれない。

「俺はずっと、子供の頃からアンディが好きだった。だがアンディはどんどん綺麗になって、他の生徒にとっても憧れで、俺には高嶺の花だった」

「そんな……」

ダレルの告白に、アンディは驚いたようだった。

「アンディが俺のことは、単なる幼馴染みとしか思っていないのは、よく分かっていた。ずっと

そばにいた俺ではなく、バリーに惚れるのも分かるような気がした。でも、あの日、俺は嬉しかった。一番困ったときに、アンディが俺を頼ってくれたことが。最後に頼るのは俺なんだってことが。だから、俺はすべての罪を被ろうと思った」

――心配しなくていいから、…怯えるな。

――何も考えるな、今は、何も。

ダレルはそう言って、震えるアンディを抱き締め、抱いた。頼もしい身体つきのダレルに、アンディは抵抗できなかったに違いない。力ずくでその白い肌が暴かれたのかと思えば、同情が込み上げる。

初めてその夜、二人は結ばれた。

その翌日、ジェイがアンディを廃校舎に呼び出したとき、彼が倒れそうなくらい具合が悪そうだった原因も分かる。

「抱いた代わりに、その記憶を刻みつけて刑務所にでも？」

人を食ったような表情で、ジェイがダレルを見つめる。ひじ掛けに肘を突き、頬づえを突いて横柄とも見える余裕ある態度で、ジェイは椅子に深く腰かけている。

ダレルの覚悟も、ジェイにかかっては大した問題ではないらしい。

「おい、ジェイ」

さすがにジャックはジェイをたしなめようとする。

せっかく結ばれたという二人が、……暫く会えないのかと思えば気の毒だ。

「だが、庇うのにもほどがある。アンディはやってないんだから」

ジェイは吐き捨てた。

「…………」

「…………は？」

ダレルの反応があるまで、たっぷりと時間があったかもしれない。

そのときのダレルの呆《ほう》けた顔を、ジャックは忘れないだろうと思う。

「何を疑ってる。愛する人間のことを殺人者だなんて」

「あの、一体どういう……」

「人の話を聞いてなかったのか？　俺のことを気に食わないと最初から決めつけてかかってるから、聞き逃すんだ。先入観で人を判断しないのは、人と付き合う上での基本だぞ」

気に食わないと思って、いい部分も見抜くことができなければ、もったいない。

どんな人間も、いい部分だけじゃない。もちろん、悪い部分だけの人間もいない。

もし悪い部分だけしか見えないとすれば、それは自分の目が曇っているからだ。

いい人間の周りにはいい人間が集まる。それはその人の人徳かもしれない。悪い人間であっても、いい部分を引き出すことができるのかもしれない。

人を憎む人間は、憎む分だけ、自分の狭量さを露呈《ろてい》しているのかもしれない……。

「アンディはベランダを離れた後、悲鳴が聞こえたと言っただろう？　なのにダレル、君はアンディが故意ではなくても、人事不省《じんじふせい》に陥ってやったとでも思ったんじゃないのか？　だから庇おうなんて見上げたもんだ。だがアンディはやってないのに、何を言ってる。庇う必要なんかないのに話をややこしくするな」

ジェイは叱りつける。

「もちろん、アンディもだ。君もやってないだろう。なのに何でやったと言う？」

「それは……」

アンディは言葉を詰まらせる。

「アンディはやってない。ダレルに相談しに行ったのも、自分が疑われるのをどうにかして誤魔化そうと思ったんじゃないだろう。単に人が頭をかち割られて倒れているのを見て、恐ろしくなってダレルを呼び出した。人が血だらけでいるのを見て、平気でいられる人間なんてそういない。確かに、疑われるのが怖いと思ったというのもあるだろうが」

ジャックも初めて自分が血だらけになったときのことを思い出す。

死を覚悟した。

それを助けてくれたのは……。

ジャックはジェイをじっと見つめる。

「ダレルは心配するなと言って、アンディを慰めながら抱いた。翌日、やっと冷静になって昨夜のことを思い出したら、今度は、ダレルが廃校舎を歩いていたという噂が流れた。ダレルは否定しない上に、散歩したなんて明らかな嘘をついている。アンディはもしかして、ダレルが真犯人じゃないかと疑いを抱く」

「あの……」

「だが、ダレルでもない。だから、自分が落としたなんて言って、庇わなくていい」

アンディとダレルは顔を見合わせる。

……ジャックも混乱してきた。

アンディもダレルも、自分がやったと言う。

それが、互いを庇うための嘘……？

ならば、真犯人はまったくのダークホース、バリーなのか？

「まさか、バリーだと思ってるんじゃないだろうな」

先に制されて、ジャックは押し黙る。

気を取り直して、別の質問をぶつける。

「なぜ、アンディが落としたのではないと？」

ジャックは訊ねる。至極当然の質問だった。

「足跡さ。アンディの階段を下りる足跡は、踊り場までは普通の歩幅だった。そしてそこで立ち止まった跡があり、方向を転換し、上に戻っている。その後はかなり広い歩幅で、下まで続いている。階段の踊り場のところで何かに驚いて、戻ったと言えるだろう。もし植木鉢を落としてから逃げようとするならば、最初から一直線に広い歩幅の足跡が、一階まで続いているはずさ。なのに、一度踊り場で立ち止まり、上に引き返している。アンディが悲鳴を聞いて驚いて戻ったという証拠に十分なる。足跡は残してある。その男が階段の真ん中を何も考えずに歩こうとして、足跡を消そうとしていたけどな」

ジャックはあっとなる。

ジェイはいつも、ジャックにヒントを与えていたのだ。

階段が崩れるから真ん中を歩くな、その言葉に、こんな意味があったとは。

他にも、一見意味がなさそうな彼の行動を思い出す。銅像のところから廃校舎まで、うろうろと散歩しているだけかと思ったら、それは目撃者の証言と、位置関係を確かめるためのもので……。

「まあ抱かれ損ってわけでもないだろうな。やっと真に互いが好きな相手と結ばれたんだから。アンディはダレルが好きなのに、ダレルはアンディはバリーが好きなのだと思っている。なんでそんな誤解を生むかと言えば、アンディがバリーをよく視線で追っていたからだろうな。背格好がダレルに似てるせいで」

「え？」

ダレルは腕の中のアンディを見下ろす。

鈍い……。

ジャックは肩を落とす。

まったく。格好良いくせに。

「あの夜も、アンディが廃校舎に向かったのも、後ろ姿からバリーをダレルと勘違いしたからだ。バリーは背が高く、背格好はダレルに似ているからな。クレメンスはとうとう、ダレルにも手を出したかと思い驚いて、アンディは追いかけた。あんな恐ろしげな廃校舎に、夜、たった一人で。そこまでアンディにさせたのは、一体何だったんだろうな」

注《そそ》がれるダレルの強い視線に、アンディは俯いたままだ。

「で。無実の君たちが、ややこしいことをしたせいで、真相がさらにややこしくなった。他の植木鉢を見たが、廃校舎ってだけあるな。どれも植木鉢の土はからからに乾いて酷く軽くなっていた。ベランダに出たアンディの制服にでも引っかかって倒れたのか、それとも、元から倒れていたのか。そんなことはもう証明できないだろう。だが、手すりの幅を考えても、突風が吹いた拍子に植木鉢が倒れて、ベランダから落ちるという危険性は否定できない。ジャック」

「何だ？」

「あの夜の天候は？　自分で言っていただろう？」

「ああ。…あの夜は突風が酷く吹いていた」

これを見越して、ジェイはまさか自分に言わせていた……？

「集合住宅に住んでるそこいらの奥さん連中だって、同じことをやってしまう可能性はある。故意と疑われれば問題だが、それはないだろう。過失傷害だとしても……そうだな、ジャック」

「ああ。逮捕されないのが、通例だ」

「だろう？」

ジャックは溜息をつく。

「天罰ってあるんだなあ。校長にはそう証言しておいた」

しゃあしゃあとジェイが告げる。

もう？

気づかないうちに、植木鉢を落ちやすい、不安定な形に倒したかもしれないという過失での書類送検を考えてもいたが、ジェイは不起訴処分にしようとさっさと校長を言いくるめてしまっていたらしい。

「これは単なる不幸な事故だ」

にっこりとジェイが笑った。人を食ったような笑みなのに、見惚れてしまいそうになる。

「誰が落としたわけでもないんだから、もうこれ以上事故をほじくり返さなくても別にいいじゃないか。君も苦しんできた。事を荒立てることは誰も望んでいない。校長も、そしてクレメンスも」

「クレメンスが？」

「ああ」

心配そうに声を上げたアンディに、ジェイが頷く。

自分を苛めた相手であっても、心配する心を持つ、きっとアンディは幸せになれるに違いない。

「病院でとっくに意識は戻ってる。そう連絡があった。急所は外れてたし、元々大した怪我じゃなかったらしいぞ」

「謝りに行かないと……！」

「何で？　君は何もしていないんだぞ？」

ジェイは首を傾げる。本気で分かっていないようだ。

「だって」

ジェイが不思議そうな顔をするのに、アンディこそが分からないといった顔をする。

「看病につきっきりで、心から心配してくれるバリーを見て、クレメンスは改心したらしいぞ。ちゃんと愛されてさえいれば、ダレルにちょっかいを出そうとか、アンディを苛めようとか、余計なことは考えなくなる。人は幸せなら、他の人の幸せも、祈れるようになるものさ。だから自分にとって嫌な相手ほど、幸せになるよう願っておけばいい。幸せになれば、自分を苛めようとはしなくなる。自分も相手もハッピーで、いいじゃないか」

「おい」

ジャックは口を挟む。

「さっき、病院で気づいたクレメンスが、廃校舎で人の影を見たと証言したとか、ダレルに言ってなかったか？　大丈夫なのか？　クレメンスへの説明は」

「嘘だ」

ちっとも悪びれずに、あっさりとジェイは言った。

ジャックは大きく息を吸い込む。そうでなければ、今度こそ、押し倒してしまう。

「ともかく、クレメンスはバリーといられれば、その他のことはどうでもいい感じになっているのに、今さら過去を掘り返して、二人の仲を引っ掻き回すつもりか？　それになんて説明する？　君がいなくなった後、植木鉢が落っこちて頭を割ったのはクレメンスが苛めたことによる天罰だって？　君の制服が植木鉢に引っかかったのかもしれない、なんてのは単なる憶測だ。証明もできないのに何て謝りに行くんだ？　却って、クレメンスが苛めていたことをほじくり返されて、クレメンスとバリーとの仲に支障をきたすかもしれない」

素直そうなアンディなど、この男の論理の前に太刀打《たちう》ちできるわけがない。

説得力があると褒《ほ》めるべきか、言いくるめられているというべきか。

だが今回は、ジェイの言うことに逆らうつもりはない。

ジャックも、ジェイに既に言いくるめられているのかもしれない。

「風で植木鉢が吹き飛んだ。それは天罰だ。悪いことをしていればどこかでそれは自分に跳ね返ってくるものさ。悪い人間ってのは、表面上はどんなにいい人間として振舞おうとしても、どこかで普段からそういう行為をしている。そういう奴は、悪い気を引き寄せるものなんだろうな。まき散らした悪い行いってものは、何年先になるか分からなくてもいつかきっと、一層大きくなって自分に跳ね返ってくる。怖いもんだな」

感慨深げにジェイが言った。大げさに頷いてみせる。

「直接の原因は風だ。まさか突風が吹くとは考えもしないだろう。罪の意識を感じることもない。学園側には突風の天罰と告げておいた。それでいいだろう？　さてダレル、君は傷つく恋人を、どうすればいいんだ？」

ジェイが促せば、ダレルはアンディを抱き締めた。アンディは彼の胸元に顔を埋める。

「恋人同士ならともかく、この男と狭い寮の部屋に泊まるなんてぞっとしない。俺たちは帰るとしようかな。そうそう、この部屋は朝まで俺たちが泊まっていることになっている」


あでやかに笑い、含みを持たせたジェイの言葉に、あの二人は気づいただろうか。

だが、ジェイとジャックが部屋を出ても、あの二人が出てくる気配はない。

朝まであの部屋を、真に結ばれた二人に提供する。

ジェイなりの祝福の仕方に、ダレルは気づいたらしい。

ずっと焦がれていた相手を抱き締め続けて、若い性が我慢できるはずもない。

今頃……。

美しいアンディが、頼もしい男に組み敷かれているのかと思えば、わずかな同情が込み上げる。

好きな相手だから構わないだろうが、ダレルは若さゆえに歯止めが利かなそうだ。

せめて、壊さないようにと、心の中で祈る。

まあ心配することはないだろう。……夜はどうだか分からないが。

ダレルは多分、アンディを誰よりも大切にするだろう。

そして、壊れそうもない相手の背を、ジャックは見つめる。

とてつもない畏怖《いふ》と、頼もしさを感じるのはこんなときだ。

今回の事件。

結局、校長の望み通りの結果を、ジェイは提供した。

誰もが望む結果を。

しかも、アンディとダレル、バリーとクレメンス、二組もの恋人同士を幸せにするというおまけ付きだ。

ポケットの中に手を突っ込むと、ジャックはナプキンを取り出す。

パブでジェイが自分のグラスの下に敷いていたものだ。そこには。

——突風による事故。加害者なし。

そう書かれていたナプキンを、ジャックはポケットに戻すと、中で握りつぶした。もう、これは必要ない。

誰もを幸せにする解決を、ジェイは導く。

誰もを幸せにする真実を、探り出す。

だから、離れられない。

いくら馬鹿にされようとも。

この男のそばにいれば、脳が痺れるような高揚《こうよう》と、人の幸せに触れられたようなじんわりとした温かい気持ちを、味わうことができる。

肌が震えるようなその感情を、一度知ってしまえばもう、離れられない。

この男を手に入れることができたなら。

彼のそばにいたい。ずっと。

「明日の朝食は何を食べようかなあ」

ふいに呟いたジェイの一言に、ジャックはずるりとなる。

この男にとって自分は、多分、朝食以下の存在だろう。

トースト…ポーチドエッグ…ベーコン…ハチミツ…紅茶…そのどれより下だろうか。

「あれ？　帰るんですか？」

寮を出ようとしたところで、ジェイを呼びとめる人間がいた。

目撃者の、確かジュードという生徒だ。横には格好良い生徒と、可愛らしい生徒が一緒に立っている。この二人がもしかしたら、奨学生のノーマンと調という生徒かもしれない。彼らも、恋人同士なのだろうか。

「ああ。今回の事故の真実も分かったし。仕事が終わったからね」

「事故？」

ジュードは不審そうに眉を寄せる。ジュードの反応は当然だ。

彼が四階に人影を見たのは、事実だからだ。

「だったら、僕の見た影は……」

「見間違いだ」

きっぱりとジェイが告げる。そして何ごともなかったかのように、さっさと去っていく。

あまりに自信たっぷりのジェイの態度に、ジュードは毒気を抜かれたらしい。

ぽかんとしたままジェイの背を見つめて、がっくりと肩を落とす。

「そうかもなあ……」

「ジュード、気にしないで。この学園に殺人事件なんて起こすような人がいなくて、よかったじゃない」

調という生徒が、ジュードの肩をぽんぽんと叩きながら慰める。優しい性質をしているようだ。

確かに、殺人事件を起こすような生徒がいたとなれば、生徒たちの動揺は激しい。恐怖に学校に通うこともままならないどころか、疑心暗鬼になって互いを傷つけ合うような事態にならないとも限らない。

実際に事故だったのだから、これ以上事を荒立てることは不要だ。

そして、探偵であるジェイが証明したことで、生徒たちはジェイと学校の発表を、信じるのだろう。

校長の願いも、そしてジェイの決断も、正しかったのだ。

「ジャック、帰りは綺麗な夜景が見たいなあ」

ジェイが振り返ると、ジャックを促す。やはり帰りも、ジェイの中ではジャックが運転することになっているらしい。

「今行く」

ジャックも生徒たちをその場に残すと、ジェイのあとを追いかけた。


帰りの車中で、ジャックは訊ねる。

「なぜ分かった？」

「誰が誰を好きか、よく見てれば分かるさ」

さも当然のことのように、ジェイが答える。

「冷血漢のあなたに、恋する気持ちが分かるのか？」

ジャックは揶揄《やゆ》する。

「さあ。お前は？　もし俺が誰かに殺されたら、どうする？」

ジャックはブレーキを踏みそうになり、寸前で押しとどまる。

「あなたが殺されるわけがない。殺しても死ななそうなのに」

「ずい分な言い草だな」

「真実だ」

ジェイの好きな言葉で、ジャックは言い返す。

本当にジェイが死ぬわけがない。ましてや、誰かに殺されるような隙は、絶対に見せないに違いない。そう思っていた。…このときまでは。

「逆に、俺がお前のために人を殺したらどうする？」

「俺のために、あなたが人を殺してなんてくれるわけないだろう？」

ジャックは軽い溜息をつく。

「それに…」

「それに？」

言いかけたジャックの顔を、ジェイが覗き込む。

「俺はあなたに人を殺させるような、そんな不安な状況にあなたを、陥れたりはしない」

ジャックは告げる。

せっかく男らしい部分を見せたというのに、ジェイは興味をなくしたかのように、外の風景に視線を移した。

「ふうん」

日中いた羊たちの姿も、既にもうない。

互いに物騒な仕事に就いていながらも、なぜかジャックといれば、いつも危険と隣り合わせの仕事に就いていることを、忘れてしまいそうになる。

彼のそばにいれば、温かい気持ちが伝わってきて、呑気な気持ちになって、いつものジャックの職場での切れるような実力が出せない。

普段、そんなに間が抜けているという評価は、職場では受けてはいないのに。

どちらかといえば、部下の信頼も厚い。

「すっかり遅くなったな」

ジェイの言葉にジャックははっとなる。既にジェイの家のそばに戻ってきていた。

無意識のうちに、自分の家ではなく、ちゃんとジェイの家に辿り着くところも既に、ジャックに刷り込まれてしまっているらしい。この男に尽くすという。

それが嫌いではないのだ。

「そうだな。このままじゃ、居眠り運転をしそうだ。休ませてくれないか？　それか、コーヒーの一杯でも」

ジャックは切り出す。コーヒーを一杯。もちろん、それで済ませるつもりはない。

そんなのは口実だなんてことは、百も承知だ。敏《さと》いこの男が、気づかないわけがない。

「コーヒーは明日の朝だ。今からじゃ眠れなくなるだろう？」

ジェイが車を降りながら、ジャックを流し見る。その眼差しのあでやかさに、ジャックの胸がどきりとなる。

コーヒーは明日の朝……。

それは、つまり。

ジャックの咽喉がごくりと鳴った。

車を停めると、ジャックは大人しくジェイのあとをついていく。

彼が鍵を穴に差し込む。

あと少し、あと少しだ……。

扉が開いたら、ベッドまで待てずに、彼を玄関先で押し倒してしまうかもしれない。

「あ、そうだ」

扉が少し開いたところで、ジェイが気づいたように言った。

「何だ？」

「寝室は掃除をしてなくて埃っぽいんだった。お前は埃っぽいところは趣味じゃないんだったな。残念だなあ。それじゃ」

ジェイはするりと室内に身体を滑り込ませると、ジャックの前で無情にも扉がバタンと閉まる。

「おい……！」

ジャックは目の前に立ちはだかる扉に手を突く。

叩いても、二度と、中からは開かない。

確かに、埃っぽいところは趣味じゃないと言ったが。

滅多に取れない休日……。

一日中付き合わされて……。

ジャックはがっくりと肩を落とす。

だが、すぐに思い直す。再び湧き上がるのは闘志だ。

踏みつけられるほど、人は闘志を燃え立たせるのかもしれない。
絶望の淵にいるときこそ、人は一番幸運なのだというのは、真実なのかもしれない。
新しい目標が生まれ、踏み出す一歩の力強さを、ジャックは知っている。
いつか、ジェイを手に入れてみせる。
そして、自分も彼に相応《ふさわ》しい男になってみせる。
彼がまだ振り向いてくれないのなら、自分を磨くまでだ。
遠い道のりながら、強い希望に、ジャックは満ち溢《あふ》れていた。

おしまい♪

英国慕情

女王陛下の街、ロンドン――。

舞台の合間の休日、響《ひびき》はクリスティ・ホテルのティーサロンで寛《くつろ》いでいた。

「ふ……」

ゆっくりとお茶を飲む時間ができるなど、久しぶりだった。

音澄《おとすみ》響は舞台俳優として、日本人でありながら、英国で活動している。

長い脚を組みかえながら、ティーカップを傾ける様は、贅《ぜい》の尽くされたホテルのサロンに相応《ふさわ》しい。

優雅な仕草に、気品が滲《にじ》む物腰は、誰もが身につけようとして、つけられるものではない。

気品ある美しさというもの、それはその人の生き方が、反映される。

平日の午後だというのに、サロンの殆《ほとん》どの席が埋まっている。

ヒューは今頃、何をしているだろうか。

恋人の名を、響は口の中で呟《つぶや》く。

「お忙しそうですね」

「お陰様で。卸《おろ》してくださった紅茶も、とても評判がいいですよ」

ふと、入口でした声に聞きおぼえがあり、響は顔を上げる。

「菜生《なお》？」

「あ、響さん…！」

彼も、響を覚えていたらしい。

香乃《こうの》菜生、紅茶の会社のロイヤル・グレイ社の社員で、社長のエドワードの、恋人。

響は菜生と面識がある。

今思えば虫の居所が悪かったとしか言いようがないのだが、響は彼にあまりいいとは言えない言葉を、投げつけたことがある。

苦労知らずで挫折を知らなそうで、順風満帆《まんぱん》に生きてきたような彼は、当時理不尽な仕打ちを受けていた響の神経を、逆撫でする存在でしかなかった。

だがそれが、幸せに見える彼への嫉妬《しっと》という、酷く醜《みにく》い感情であることを、響はよく知っている。

表情が強張るかと思えば、菜生は響に笑顔を向けた。嬉しそうに。

「お知り合いですか？　でしたら少し寄っていらっしゃいますか？　お席にご案内します」

ウェイターは気をきかせたつもりなのだろう、菜生を響の席へと案内する。

菜生も挨拶《あいさつ》くらいはしようという心づもりなのかもしれない。

満席近い店内に遠慮した素振りを見せながらも、素直に従ってくる。

仕事中なのか、菜生はスーツ姿だ。

「お久しぶりです」

「…ああ」

言葉少なに響は返す。

「せっかくですからこちらでお茶を飲んで行かれては？」

ウェイターが勧《すす》めれば、菜生は初めて心配そうに告げる。

「ですがご迷惑じゃありませんか？」

このサロンは、菜生にとって、取引相手になるのだろう。

店内の客に遠慮して、菜生がホテルの人間を気遣ってみせる。

「とんでもない。少しは御社にお返ししないといけないと、思ってますよ」

満席近い店内は、菜生のお陰だと言うかのように、ウェイターは微笑《ほほえ》みながら告げる。

「どうぞごゆっくり」

菜生を席に着かせてしまうと、ウェイターが去っていく。

二人になると、菜生が口を開いた。

「あの、挨拶だけのつもりで。お寛ぎの時間をお邪魔してしまって、すみません」

ウェイターは菜生と響が、親しい間柄だと気をきかせたつもりだったのだろう。

菜生がすまなそうに頭を下げるのを、響は制する。

「いや、俺はかまわない」

そうは言うものの、それきり会話は途切れる。

気まずい。

二人、同じテーブルに向き合いながらも、話題のきっかけが摑めない。

それほど喉《のど》が渇いているわけでもないのに、カップを何度も口元に運んでいると、再びウェイターが紅茶をトレイに載せて運んでくる。

「失礼いたします」

菜生は響と二人きりでテーブルについて、気まずい思いをしていないのだろうか？

酷い言葉を投げつけたのは、響のほうだ。

本来なら、菜生のほうが、さっさと席を離れたいと思うのが、当然だろう。

だが菜生は、親しみを込めた様子で、微笑みかけてくる。

「こちらが先日、お勧めいただいたものです」

お茶の用意をテーブルの上に整えると、ウェイターは席から離れた。

湯気が出るカップを、菜生が口元に運ぶ。

長い睫毛《まつげ》、柔らかそうな口唇《くちびる》、みずみずしい肌、やはり、綺麗《きれい》な人物だ。

最近では以前より大人っぽい落ち着きと、色っぽさを漂わせているようにも見える。

「美味《おい》しい」

「ん？　何が？」

ふいに話しかけられて、響の反応が遅れる。

「この紅茶です。自画自賛ですけれど」

茶目っ気を含ませたように、菜生が肩を竦《すく》めてみせる。

「あ、ああ」

彼に見惚《みと》れていたと気付いたのは、返事をしてからだ。

「よかった」

菜生が紅茶に口をつけながら、ふわりと笑った。

誰よりも、幸せそうな笑顔で。

周囲を明るく照らすような、温かい笑顔だ。

陽だまりのような雰囲気の彼の笑顔のほうが、熱い紅茶よりも響の胸を温かくする。

こんなふうに素直に、響は笑えない。

愛想笑いなど浮かべず、どちらかというと、クールな印象を与えるほうだ。

彼のようであれば、きっと誰からも愛されるのだろう。

自分では気付かない妖艶《ようえん》な美貌、雰囲気、そして日本人でありながら主要な役を掴み取る実力、それらは響にとって味方となるより、ライバルの嫉妬心や男の征服欲を刺激するものらしい。捩《ね》じ伏せようという嗜虐《しぎゃく》心をそそるのか、人付き合いにおいて理不尽な行為を仕向けられることも多い。

最たるものが、舞台監督のバートンだ。

彼の愛人になれと、ならなければ俳優を続けられなくなると脅迫された。

彼の権力を恐れた劇場から響は仕事を奪われ、挫折を余儀なくされた。

理不尽なものに立ち向かう力を、ちっぽけな自分は何も持たない。

だが、仕事で評価されずとも、真摯《しんし》に人生を生きていれば、道は拓《ひら》けてくるということを、己の態度で響に教えてくれたのが、響の恋人のヒューだ。

そして菜生も、同じく英国人のエドワードという恋人がいる。

「アールグレイ、お好きなんですか?」

「いや、特には。何で分かった?」

「香りです」

「へえ、さすがだな」

「さすがと言われるほどのことでもないです」

言いながら、菜生が笑った。

よく笑うやつだ。だが悪い心地はしなかった。

以前は癪《しゃく》に障ったものだったが。それは、自分にないものを、彼が持っているからだ。

周囲を明るくする笑顔、それは人を惹《ひ》きつけてやまない。

だが、響はそれが、やすやすとできない。

楽しくもないのに馬鹿みたいに笑えるか、そうも思っていた。

「さすがと言えば、先日、同僚が響さんの舞台を観に行ったんですが、とても素晴らしいって嬉しそうに言ってました」

「そうか？」

「はい。とても素敵だったって。誰よりも舞台の上で、きらきら輝いていたって」

きらきら輝いている。

俳優としてその言葉は嬉しいものだ。

手放しの褒めようが、くすぐったい。

「今もティーサロンに入ってきて、すぐに響さんがいらっしゃることが、わかりました。そこだけきらきらしてましたから」

「おい……」

菜生は俳優として舞台に立っていた自分ではなく、今の自分も輝いていると称する。

何気ない日常の生活の中で、輝いているように見えるというのは、何よりも素敵な褒め言葉ではないだろうか。

それをさらりと菜生は告げるのだ。

「何かいいことでも、あったんですか？」

「いや、別にそんなものは」

「そうですか？　でも、本当に素敵だから。響さんは」

あまり褒められると、どう反応していいか、分らなくなる。

照れくささよりも、信じられない気持ちが勝る。

菜生の表情は、嘘やお世辞を言っているようには見えない。

もとより、そういう性質はしていないように思う。

つい、相手の態度を斜に構えたように見てしまうのは、英国という地で苦労してきた過去が、響に暗い影を落としたからかもしれない。

本質が素直なほど傷つき易い。傷つかないよう自分を守るために、身構えてしまう。

菜生のように、真《ま》っ直《す》ぐ育ったものほど愛されるだろうというコンプレックスは、響の中に根強くある。

人は自分にないものに、憧れるのかもしれない。

そして、素直になれないのは、自分の最大の欠点だ。

「きらきらしてるのは、お前のほうじゃないか？」

「え？」

響が言い返せば、菜生は驚いたようだ。

「俺には、お前のほうが、きらきらしてるように見える」

それは心からそう思う。

人を羨《うらや》ましいと思う心は、時に己の自信を失わせ、気持ちを落とす。

「俺はお前みたいに綺麗な容姿をしているわけでもない」

「何を言ってるんですか！　響さん、そんなに綺麗なのに」

菜生は驚いたようだった。

「響さんは本当に綺麗ですよ。僕よりずっと、ずっと。いえ、僕は全然綺麗でもなんでもないですけれど」

「心にも思ってないことは言わなくていい」

つい、照れが跳ね付ける言葉を言わせれば、菜生が困った顔をした。

「あの、本当です」

何を告げていいか、分からないでいるようだ。

困惑の表情を浮かべる菜生に、響の胸に苦みが浮かぶ。

「すまない。嫌な奴だな、…俺は」

どうしようもない自己嫌悪が、胸に押し寄せる。

人の好意を、素直に受け取ることができない。

そして、素直になれずに人を傷つける。

せっかく、先日のことを謝ろうとしたのに、これでは酷く大人げない。

「俺の悪い部分だということは、よく分かっている。直せるようにしてみるから。この間も、ごめん」

響は精一杯の誠意を込めて告げる。

嫌な部分であると自覚したら、少しでも直せるように努力しないと、自分を好きになれないような気がするから。幸せには、なれないような気がするから。

幸せになろうと努力するなんて、一時期人生を投げ出そうとしていた己からすれば、少しでも前進しているだろうか。たとえその歩みは、ゆっくりだったとしても。

「どうしてですか?」

「何?」

菜生の反応は意外なものだった。

「悪い部分なんて、全然そんなことはないです。素直で、こんなことを言っては失礼かもしれませんけれど、今の響さん、すごく可愛《かわい》い、です。僕は謝られるようなことはしてませんけれど、人に謝ることができない人はいっぱいいる中、一生懸命謝ろうとするなんて、なかなか誰にでもできることじゃないって思います」

「素直だ?」

意地っ張りで、恋人すらたまに困らせる己の性質を、彼は素直だと告げるのだ。

「悪い部分なんて思ってるのは、響さんだけですよ。直すことも必要かもしれませんけれど、それによって、いい部分がなくなってしまうのも、もったいないと思います」

「おい」

「いいところもいっぱいいっぱい持っていらっしゃるんですから、悪いと自分が思っている部分にばかり目がいっていては自分が、可哀《かわい》そうです」

以前の自分は、己の欠点に落ち込んで、自信も失うばかりだった。

だが、菜生は言うのだ。

「僕も悪い部分はいっぱいありますけれど、いい部分をもっといっぱい見つけて、いい部分を伸ばしていけば、欠点は目立たなくなるかもしれないかなって思うんです」

いい部分を伸ばして、自信を持つことが大事だと、彼は言うのだ。

なぜ、公爵《こうしゃく》であり、世界的に著名なロイヤル・グレイ社の社長であるエドワードが、一介の日本人である彼を恋人にしているのか分からなかったが、今ならば、響は分かるような気がした。

きっと菜生の前向きでひたむきな姿勢に、エドワードは惚れたのだ。

彼のそばにいると、勇気や元気といったものが湧《わ》いてくる。

周囲の人の心を温かくするものを、彼は持っている。

一度彼の魅力を知れば、もう恋人は手放せないだろう。

彼の真っ直ぐな瞳が、響の胸を射抜く。

「お代りはいかがですか?」

会話を邪魔しない絶妙なタイミングで、ウェイターがティーポットを替えに来る。

「もらおう」

「かしこまりました」

響の答えに、彼がポットを置いていく。

新しい紅茶を前に、菜生が言った。

「ここのサロンに卸す紅茶、僕が担当しているんですよ。もうずっと、ここのホテルは他社の紅茶を使っていたんですけれど」

何か思い入れのある出来事が、このホテルにはあるのだろうか。

菜生が大切そうに、カップの中の琥珀《こはく》色の液体を見つめる。

自分が扱うものを、心から大切に、そして愛している気配が窺《うかが》えた。

このホテルの経営者が、菜生の紅茶を採用した理由はそこにあるのだろう。

自分が扱う商品に、菜生は心をこめている。

愛し、大切にしている姿勢が見えるからこそ、採用しようと思ったのだろう。

そしてウェイターも同じように大切に扱っている様子に、菜生はとても嬉しそうだった。

「別の会社を使っていたなんて、大変だったんじゃないか?」

「そうですね。ですがそこをおしてまで、うちの会社のものを採用してくださったんですから。信頼してくださるから、僕もその信頼を絶対に裏切らない仕事をしようって、ずっと思ってます」

信頼を絶対に裏切らない。

仕事をしていく上でも、人と真摯に向き合う上でも、大切な言葉を聞いた気がする。

「僕の仕事はこうして、間接的に人を幸せにするお手伝いができると思っているから。お茶を飲む時間って、忙しい人がほっと一息つける、素敵な時間だと思うんです。響さんのような忙しい方が、ね」

響も新しい紅茶を、口に含んだ。

先ほどよりずっと、美味しい。

「そんな忙しい方のお茶を飲む大切な時間を、台無しにしてはいけないって思ってました。少しでも美味しいものを、お届けしようと思って」

彼が幸せそうなのは、いつも相手を幸せにしようと、思っているからかもしれない。

独りよがりで、相手を不快にさせるのは、その時は自己満足に浸れるかもしれないが、決して自分が幸せになれる近道ではない。

菜生は響の心も溶かそうとする。

彼は人の心を思いやることが、できる人だ。相手の立場を想像することが、できる人だ。

心が美しい人とは、彼のような人のことを、言うのだろう。

そして美しいままでいられるように、これからもきっと、エドワードが彼を傷つけないよう、守っていくのだろう。

ただまだ、彼が苦労を知らないからこそ、素直でいられるのだろうという印象は拭《ぬぐ》えない。

そして今は、勤める会社の社長を恋人にするなどという、幸運にも恵まれている。

運のいい人間というのはいるものだ。

幸せそうで輝いている人間は、周囲を幸せにする。

それに共感し、素直に自分も幸せを感じられる心を持てば、幸せになれるのかもしれない。

だが時に、それが妬《ねた》ましく見える人間もいる。

特に不幸の中にいる人間にとっては。

そのせいで、響は彼を傷つけてしまった。

酷い自己嫌悪に陥《おちい》り、苦い思いを味わった。やはり、人を傷つけるということは、己を幸せから遠ざけるものなのだ。

「君なら営業成績もいいんだろうな。そのせいで、エドワードに呼ばれてロンドンに？」

「いえ、僕は最初はターナー社に勤めていたんです」

「何？　あの会社か？　今大変らしいな」

産地を偽《いつわ》るなどの偽造が明らかになり、以前ほどの経営規模で活動はしていない。

「僕がロンドンに来たのは、ターナー社にいた頃です」

菜生が話し始めた。

「祖父が娘、うちの母なんですけれど、母を事故で亡くして、僕よりずっと気落ちしてしまったことがあったんです。両親は駆け落ちだったので、僕にも会いたくなかったみたいなんですけれど、心配だったから、こちらに転勤願いを出したら受理されて」

響は息を呑《の》む。

何の苦労もしていなかったように見えた彼に、そんな事情があったなんて。

それでもいつも笑顔でいる彼の、強さの元は何だろう。

「最初は頑張っても結果が出せなくて、社長にも誤解されてしまったんですけれど、今はエドワードさんの会社に転職もさせてもらえましたし、祖父も心を開いてくれたから、よかったなって思っています」

大変だという言葉は、菜生は漏《も》らさない。

明るく話す彼の態度に、大変さは見られない。

だが、どれほど彼がつらく、大変な目にあってきたのかは分かる。

もしかしたら、もっと深く話せば、菜生とは仲のいい友人になれるかもしれないと、響は思った。

自分たちは似ているかもしれない。

菜生は祖父のために慣れない地に来て、道を切り拓いたのだ。

そして、響は弟のためにこの地に来て、新しい居場所を摑んだ。

だがそこで違うのは、菜生は一度たりとも、人生を投げ出そうとはしなかったことだ。

響は投げ出そうとしたものの、ヒューのお陰で、自分を幸せにすることを学んだ。

人生は決して、投げ出してはいけない。

たとえその場では、菜生はターナーに負けても、そして響もバートンに負けても、自分の人生には負けなかった。

誇りを失うような生き方はしなかった。

人生は勝ち負けではないし、最後になるまで分からないものだ。

ターナーのようにどこで逆転するか、分からない。

そしてもし失敗したとしても、いつでもやり直しはできる。

一度だけの人生なのだ。思いきり生きて、幸せを摑んでいきたい。

「美味《うま》いな」

「でしょう?」

響が告げれば、心から嬉しそうに、菜生が笑った。

つられて、響も微笑み返す。

彼の前では、自然と笑顔が出る気がした。

美味しいお茶が、心を幸せにする。

先ほどまでは気付かなかった新しい幸せを、発見する。

幸せはこうして身近なところに転がっていて、普段は気付かないものなのかもしれない。

それに気付く心を育てる余裕を、持っていたいと思う。

自分の心を律する強さ、人の心の痛みが分かる思いやり、それが響の良さだと、気づかせてくれた男が、響の恋人なのだ。

――人を幸せにするお手伝いができると思っているから。

先ほどの菜生の言葉を思い出しながら、響はお茶をゆっくりと味わう。

忙しいとおざなりになりがちな、きちんと丁寧にお茶を淹《い》れて飲むという時間。

だがゆっくりとお茶を抽出《ちゅうしゅつ》する時間は、心をも豊かに育てる時間だ。

彼のように人の幸せを考えながら、自分も生きることができるだろうか。

エドワードは菜生を幸せにするために頑張っている。そしてきっと、ヒューも響を幸せにすることを、願っている。

そして彼らを幸せにすればもっと、自分たちに幸せが返ってくる。

幸せは連鎖反応みたいに、続いていくのかもしれない。

菜生が幸せなのは、人に幸せを与えているからかもしれない。

今は響も、彼を幸せにしたいと思える。

彼に幸せな気持ちをもらったから。

そして惹きつける魅力を持つからこそ、彼はもっと幸せになるのだろう。

人を幸せにすることが、自分が幸せになる近道なのかもしれない。

すぐに幸せは、得られるものではなくても。

「今度、舞台を見に来ないか？　興味があれば、だが」

「え？　本当ですか？　すごく嬉しいです。実はチケットを買おうと思ったんですけれど、売り切れていて」

菜生が購入をしようとしていたことも、響には驚きだった。

「だったら今度、送るよ。そしてまた、お茶でも飲まないか？」

「ええ。ぜひ」

二人の間に、幸せな空気が流れたような気がした。

昨日より明日、そしてもっと未来に向かって。

きっともっと、幸せになれるだろう。

菜生の前向きな心に触れ、何か素敵なことが起こりそうな気にさせられる。

期待で胸を膨らませて過ごす一日は、悪くない。

たとえ何も素敵なことなんて起こらないとしても、いい気分だった。

楽しい気分で一日を過ごせるのは、幸せなことかもしれない。

(素敵なこと、…そうだな)

今の自分にとって、それは何だろう。

多分、きっと。

ヒューに会えることかもしれない。

「菜生」

「エドワード…！」

菜生が腰を浮かせた。そのまま驚いたように立ち上がる。

「あの」

「仕事だろう? 君が誰より頑張っているのは、私はよく分かっている」

エドワードは菜生に微笑みかけた。彼の瞳に最愛の人が映っている。

吸い込まれそうな魅惑的な瞳に見つめられ、菜生は頬《ほお》を赤らめた。

不意に会えた幸運よりも、菜生は仕事ぶりを認められたことが、嬉しそうだった。

彼の表情に、誇らしげなものが浮かぶ。

菜生は誰よりも努力しているに違いない。

自分で道を切り拓く強さを持った菜生は、外見よりもずっと、強いのかもしれない。

エドワードは響にも、礼を尽くすように会釈《えしゃく》する。

響も慌《あわ》てて立ち上がろうとすると、エドワードに制される。

「どうしてこちらに?」

菜生が訊《たず》ねた。

「私も仕事だ。フラナガン氏と仕事上の打ち合わせをね。菜生に会いたがっていた」

「今度、ご挨拶に伺《うかが》います。あのおじいさんには、いっぱい助けてもらいましたから」

「私も君のお陰で助けられた。君がいなければ、卑怯《ひきょう》な策略に嵌《は》められたままになっていた」

「助けられたなんて、そんな」

菜生は謙遜《けんそん》してみせる。

「すまないな。寛いでいたのに、いきなり私が邪魔をして」

不意に、エドワードが響に向き直る。

「いえ、そんなことは」

響は慌てて答えた。

会話を進めながらも、菜生もエドワードも、その場にいる響を無視するようなことはない。

周囲への配慮を忘れない、気持ちのいい二人だ。

きっかけを作られ、響は口を開いた。

「こちらに来られたのは偶然ですか？」

「ああ。まさか会えるとは思わなかったな」

もし運命があるとしたら、愛し合う二人にはそれが味方しているに違いない。

恋人同士の二人はきっと、引き寄せ合う。

「素敵ですね。こんなふうに恋人に会えるなんて」

人を羨んでいてはきりがないとは思っても、素直に羨ましいと思った。

もし結ばれるはずの二人なら、いろんな偶然が積み重なって。

「え…」

菜生が絶句する。顔がみるみる赤くなるのが分かった。

嘘はつけない性質なのだろう。

しまった。二人の関係を響が知っていることを、菜生は知らなかったのだろう。

響がなぜ知っているのか理由を告げれば、きっといたたまれないに違いない。

響も二人の愛し合う姿を偶然見てしまったのだとは、告げるつもりはなかった。

「そうだな。それは、君も」

「え？」

エドワードが背後を振り返り、響もつられてその方を向く。

すると、そこには。

「ヒュー……！」

響は目を見開き立ち上がる。

初めて会った頃と同じ、執事としてのヒューの姿があった。

胸が、鳴った。

素直に心がときめく。

彼と出会ってから、感動もときめきも、二人分になった気がした。

「皆様お揃《そろ》いでいらっしゃいますね」

そつのない笑顔は、仕事で見せる彼の仮面だ。

だがとても魅惑的で、見慣れているはずの響ですら、惑わされそうになる。

重厚な歴史を感じさせるホテルに、負けずに艶《つや》を放つヒューは、この場に相応《ふさわ》しく絵になる。

四人が集まった姿に、周囲からは感嘆の溜《た》め息《いき》が漏れた。熱い羨望《せんぼう》の視線が注がれる。

厳しく理知的で凄絶《せいぜつ》な美貌の男らしいエドワード、穏やかそうに見えて危険な香りのするヒュー、そして美しい菜生に、氷のような風貌のクールで艶然《えんぜん》とした響……、よくこれだけ最高の男たちを、この場に集めたものだと、言いたげなまなざしだ。

「今日が例の？」

「はい」

エドワードはヒューがここに来ることを、知っていたらしい。

「今度このホテルで、世界的に著名なパティシエたちが参加する、品評会が行われます。世界的な規模で、注目を浴びる行事でもありますし、錚々《そうそう》たるメンバーが列席する関係上、私もこちらのホテルマンたちに講習をするよう、依頼を受けて来ているんですよ。ケーキにはお茶がつきものですから。そのお茶はもちろん、ロイヤル・グレイ社のものです」

ヒューが響を見つめた。彼の瞳に身体が、熱くなる。

まさか。

やはりこれは、――運命。

結ばれるはずの恋人同士は、きっと引き寄せ合う。

自分たちにもこんな素敵な偶然が、訪れるなんて。

「どうやら混んできたようだ。私は失礼するとしよう」

いい男たちに惹かれて、店内は満席だ。

その中で四人は、注目を浴びすぎる。

エドワードが雰囲気を察して告げるのに、菜生も続く。

「僕も失礼します。響さん、お邪魔して申し訳ありませんでした」

「社に戻るのなら菜生、私の車を待たせてある。乗っていけばいい」

「ですが」

「かまわない。心配するのなら、社の近くで下ろしてあげよう」

エドワードが菜生をエスコートする。

ずい分な過保護っぷりだ。彼の独占欲を、見たような気がする。

「俺も帰ります」

響も本当はヒューのそばにいたかったが、これから始まるのは、彼にとってもホテルにとっても大切な仕事なのだと分かる。

だからこそ、彼の仕事の邪魔をしてはいけない。

「それでは皆さんを、ホテルのエントランスまで、お送りいたしましょう。レッスンが始まるまではまだ、時間がありますから」

にっこりとヒューが微笑む。

エドワードと菜生が二人、響とヒューの前を歩いて行く。

時折見つめ合って、微笑み合う二人の姿はほほえましく見える。

エドワードが姿を見せると、すっと車が二人の前に止まった。

これから二人は、同じ場所に戻り、同じ場所にいることができる。

けれどヒューと響は、別の場所に分かれていく。

わずかな寂しさを胸に感じながら、車に乗り込もうとする二人を見つめる。

「お気をつけて」

ヒューはあくまでも儀礼的だ。

先ほどから仕事上の会話だけで、ヒューは響に何も告げはしない。

響も分かってはいるが、エドワードと菜生のような甘さは、自分たちの間には何もない。

ホテルマンたちの視線は、車に乗り込もうとするエドワードと菜生のもとにある。

「響」

「何?」

ふいに、車に乗り込もうとする二人を見ながら、今まで殆ど響に話しかけなかった彼が名を呼ぶ。

(な…っ!)

一瞬の出来事だった。

口唇に熱いものが重なっていた。

目を閉じる暇もなかった。

盗むようなひそやかさと強引さで、ヒューに口唇を奪われたのだと知ったとき、既に口唇は離れていた。

(この…!)

驚きにあっけにとられ、隣《となり》に立つ男を見るが、彼に悪びれた様子や動揺は一切ない。

「何か?」

しれっと答えられ、響は言葉に詰まる。

「後は頼むぞ」

「はい。それでは、私もこちらで失礼いたします」

車の中からエドワードに声をかけられ、ヒューはいつもどおりの冷静さで答える。

エドワードは気付かなかったらしい。

主人の前でキスを仕掛ける大胆不敵な男。

これがヒューの正体。

一瞬のチャンスを見逃さず、獲物をとらえる男。

そっけないように見えても、ヒューの本質は誰より熱い。

そして自分も、愛されていないわけではない。

それどころか、もしかしたらずっと、…自分が思うよりもずっと、ヒューには愛されているのかもしれない。

菜生とエドワードが乗る車が、ゆっくりと滑《すべ》り出す。

ホテルマンがヒューと響に向き直る。

それと同時に、響はコートの裾《すそ》を翻《ひるがえ》すと、真っ直ぐに歩きだす。

二人の距離が離れていく。

何事もなかったかのように、二人はあっさりと分かれた。

だが、距離は離れていっても、二人の心はしっかりと結びついている。

だから、響の心はいつまでも温かかった。

心と心が結びついていれば、何も怖くはない。

前だけを向いて、響は歩いて行く。

凛《りん》とした姿で。


おしまい♪

あとがき

久しぶりに菜生とエドワードに会えて、一番嬉しいのは私かもしれません。菜生の頑張りは見ていて声援を送りたくなりました。それを優しく見守り、紳士的な魅力溢れるエドワードも今回は情熱を迸らせる一幕があるのですが、前回より一歩進んだ二人の恋愛をお楽しみ頂けますと嬉しいです。同じキャラクターで愛を深めていく過程を描かせて頂くことはなかなかなかったので、いつもとは少しだけ違う恋物語になっているかもしれません。菜生とエドワードの出会いを描いた「英国紳士」、この作品はドラマCD（インターコミュニケーションズ様より発売中）にもして頂いております。菜生のように、大切な人のために尽くしたい、喜んでくださる方のために貢献したい、それは私にとって何より大切な心の糧になります。真面目過ぎて頑張り過ぎるのが私の欠点ですけれども、それは長所でもある。思い悩んだこともありましたが、欠点を直すことばかりに集中せず、長所を伸ばすことに集中してもいいのかなと思った時、肩の力が抜けて楽になりました。皆様も決してそれぞれの良さを失わずに、そのままの皆様でいて欲しいと思います。

イラストを担当くださった明神翼先生、心から感謝申し上げます。

何より大切な読者の皆様に、少しでも楽しんで頂けますように。

あすま理彩

◆初出一覧◆
英国聖夜　／書き下ろし
英国探偵2　／小説b-Boy（'09年1月号）掲載
英国慕情　／小説b-Boy（'08年3月号）掲載

ビーボーイノベルズをお買い上げ
いただきありがとうございます。
この本を読んでのご意見・ご感想
をお待ちしております。

〒162-0825 東京都新宿区神楽坂6-46
ローベル神楽坂ビル4階
リブレ出版㈱内 編集部

リブレ出版ビーボーイ編集部公式サイト「b-boyWEB」と携帯サイト「b-boyモバイル」でアンケートを受け付けております。各サイトにアクセスし、TOPページの「アンケート」から該当アンケートを選択してください。（以下のパスワードの入力が必要です。）
ご協力をお待ちしております。

b-boyWEB　http://www.b-boy.jp
b-boyモバイル　http://www.bboymobile.net/
（i-mode, EZweb, Yahoo!ケータイ対応）

ノベルズパスワード
2580

BBN
B●BOY NOVELS

英国聖夜

2009年10月20日 第1刷発行

著者――あすま理彩

発行者――牧 歳子
発行所――リブレ出版 株式会社
〒162-0825
東京都新宿区神楽坂6-46ローベル神楽坂ビル6F
営業 電話03(3235)7405 FAX03(3235)0342
編集 電話03(3235)0317
印刷・製本――株式会社光邦

この書籍の用紙は全て日本製紙株式会社の製品を使用しております。

Printed in Japan
ISBN 978-4-86263-675-1